Confissões do Bicho-Papão

Confissões do Bicho-Papão

Uma autobiografia

(em depoimento a Índigo Ayer)

1ª edição

— Galera —

RIO DE JANEIRO

2025

REVISÃO
Fábio Gabriel Martins

DIAGRAMAÇÃO
Abreu's System

ILUSTRAÇÕES DE CAPA E MIOLO
Caroline Veríssimo

CIP-BRASIL. CATALOGAÇÃO NA PUBLICAÇÃO
SINDICATO NACIONAL DOS EDITORES DE LIVROS, RJ

A977c

Ayer, Índigo
Confissões do bicho-papão / Índigo Ayer; ilustração Caroline Veríssimo.
– 1. ed. – Rio de Janeiro : Galera Júnior, 2025.

ISBN 978-65-84824-53-9

1. Ficção. 2. Literatura infantojuvenil brasileira.
I. Veríssimo, Caroline. II. Título.

CDD: 808.899282
25-97212.0   CDU: 82-93(81)

Meri Gleice Rodrigues de Souza – Bibliotecária – CRB-7/6439

Direitos exclusivos de publicação em língua portuguesa somente
para o Brasil adquiridos pela
EDITORA GALERA RECORD LTDA.
Rua Argentina, 120 – Rio de Janeiro, RJ – 20921-380 – Tel.: (21) 2585-2000,
que se reserva a propriedade literária desta obra.

Impresso no Brasil

ISBN 978-65-84824-53-9

Seja um leitor preferencial Record.
Cadastre-se e receba informações sobre nossos
lançamentos e nossas promoções.

Atendimento e venda direta ao leitor:
sac@record.com.br

Quero começar dizendo três coisas.

COISA NÚMERO 1:
Meu nome NÃO é Bicho-Papão.

COISA NÚMERO 2:
Nesse livro eu NÃO vou confessar nada. Eu vou EXPLICAR.
Mas botei "confissões" no título pra ficar mais chique.

COISA NÚMERO 3:
Meu Consultor de Imagem disse que eu deveria mostrar pro mundo que eu também sei ser chique.

Pronto, agora vou começar a contar minha história pra vocês.

Grato pela atenção.

CAPÍTULO

O começo de tudo

Muitas histórias de vida começam com uma frase mais ou menos assim:

Meu nome é tal e eu nasci no dia X, no lugar Y. Em seguida a pessoa vai contando tudo o que aconteceu com ela.

Comigo é diferente.

Primeiro preciso explicar que eu também tenho nome, como qualquer pessoa normal. Só que, no meu caso, é um choque quando as pessoas descobrem que nunca me chamei Sr. Bicho-Papão.

Não sei de onde as pessoas tiram a ideia de que meus pais pudessem me dar um nome assim. Fico imaginando a cena.

Minha mãe me segurando no colo, com meu pai do lado:

— Ah, que lindinho. Acho que ele tem cara de bicho.

Daí meu pai respondendo:

— Verdade, querida! Ele tem cara de um bichinho faminto.

Então minha mãe dando a ideia:

— Podíamos chamá-lo de Bicho-Papão, que tal?

E meu pai achando uma ótima ideia:

— Ah, querida, que nome lindo! Resolvido. Nosso filho vai se chamar Bicho-Papão.

> Eu prometi pro meu Consultor de Imagem que não vou usar a palavra "monstro" nesse livro. Só dessa vez aqui.

Lamento decepcioná-los, mas não foi assim.

Eu realmente nasci numa família de não humanos. Essa parte da história é verdade. O que NÃO SIGNIFICA QUE EU SEJA UM VOCÊ-SABE-O-QUÊ...

Dito isso, vou revelar pra vocês o meu nome de nascença. O nome original que eu ganhei quando era um bebezinho muito fofo, peludo, cheio de dentes e remela nos olhos.

Nasceu o Billy!
— Mamãe Pãmpão

Foi numa sexta-feira, 13.

Meus pais olharam pra mim e disseram assim:

— Ah, que bebê lindooooooooooooo!

— Ele tem olhos roxos!

— Olha o tamanho desses dentões!

— São tão afiadinhos!

— E essa barbicha gostosa?!

— E esses chifrinhos! Ele é tão perfeitinho. É a coisa mais linda do mundo.

— Ele é perfeito! Per-fei-to!

— Não consigo parar de olhar pra ele, amor.

— Eu também não, chu! Nunca vi um bebê tão bonitinho.

— Será que todos os pais ficam assim?

— Claro que não, amor. Bebê que nem o nosso não tem por aí.

— E esse rabinho!? Que amooooor!

— É muita fofura pra um bebê só!

— É o meu bebê Billy. Né, Billy? Quem é o bebê Billy da mamãe? Quem é? Quem é?

E foi assim que eu ganhei o nome Billy.

O sobrenome da família é Pimpão.

Então, é com muito orgulho que eu digo:

Meu nome é Billy Pimpão.

Considero um nome bonito.

Meu Consultor de Imagem diz que toda vez que alguém me chamar por algum apelido, eu devo corrigir a pessoa e pedir, gentilmente, que ela use meu nome de nascença.

Se vocês estiverem gostando da minha história e quiserem comentar com seus amigos, por favor, digam que estão lendo a autobiografia do Billy Pimpão, ok?

> *Se vocês quiserem ler essa parte em voz alta, ficarei muito feliz. É um jeito de vocês esquecerem aquele outro nome horrível e substituir por esse.*

Nota de esclarecimento ou entrevista comigo mesmo

PERGUNTA:

Se o senhor não quer que as pessoas te chamem de "Bicho-Papão" — desculpa, não quis ofender — por que colocou esse termo no título do livro?

AUTORRESPOSTA:

Excelente pergunta! Aliás, obrigado por perguntar. Eu usei esse termo horrível por um motivo. Sou uma figura pública. O mundo inteiro me conhece pelo meu apelido pejorativo. E quando

Não é à toa que pejorativo rima com enjoativo. Apelidos pejorativos dão enjoo na pessoa que ganhou o apelido. Era o meu caso.

eu digo o mundo inteiro, eu digo o mundo inteiro mesmo.

Nos países de língua inglesa sou conhecido como o *boogeyman*.

Em espanhol é *el hombre del saco*.

Em francês é *croque mitaine*.

Em italiano é *spauracchio*.

Em russo é *strashilishche*.

Em chinês é *guǐguài*.

Em japonês é *obake*.

Em árabe é *'ifrit*.

Posso continuar, se você quiser.

PERGUNTA QUE NÃO É PERGUNTA:
Não, não. Já deu pra entender. O senhor é muito famoso mesmo. Mas o senhor não respondeu à pergunta que eu fiz.

AUTORRESPOSTA:
Ah, perdão. Vou responder. Mas, antes, posso fazer uma correção?

PERGUNTA QUE NÃO É PERGUNTA:
Pode.

AUTOCORREÇÃO:
Meu Consultor de Imagem explicou que eu não sou famoso. Sou notório. Tem uma diferença. Famoso é legal. Se eu fosse "famoso" eu teria minha imagem estampada em camisetas e

mochilas, que nem o Homem-Aranha. Quando a gente é notório ninguém coloca a nossa imagem em produtos pra crianças.

PERGUNTA:
Nem nos brindes?

AUTORRESPOSTA:
Nem nos brindes.

PERGUNTA QUE É UM COMENTÁRIO:
Isso é muito triste.

AUTORRESPOSTA:
Concordo.

PERGUNTA:
Agora o senhor pode responder à pergunta que fiz lá no começo da entrevista?

AUTORRESPOSTA:
Posso. Qual era a pergunta, mesmo?

PERGUNTA:
Se o senhor não quer que as pessoas te chamem de "Bicho-Papão" — desculpa, não quis ofender — por que usou esse termo no título do livro?

AUTORRESPOSTA:

Usei esse termo horrível porque ninguém conhece o Billy Pimpão. No mundo todo só me conhecem pelo apelido. Se eu usasse meu nome real no título, as pessoas não iam nem pegar o livro na mão.

Meu Consultor de Imagem fez uma pesquisa. Ele disse que 100% das pessoas entrevistadas tiveram traumas de infância relacionados ao Bicho-Papão. Ele acha que está mais do que na hora de mostrar pro mundo que eu não sou quem elas imaginam. Esse livro tem uma importância histórica. É um livro curativo.

PERGUNTA QUE VIROU UM AGRADECIMENTO:

Agradeço a explicação. Sua história é realmente muito comovente.

AUTORRESPOSTA:

É mesmo. Agradeço pela compreensão.

CAPÍTULO

Minha infância feliz

Enquanto eu vivia protegido por Papai e Mamãe, minha vida era uma maravilha. Sou filho único. Recebi todo o carinho e amor só pra mim. Fui paparicado, mimado e muito acarinhado.

Minha mãe me levava pro trabalho. Ela era lenhadora, e eu ficava amarradinho no sling.

Meu pai trabalhava em casa. Ele era chef de cozinha. Fazia marmitas caprichadas e entregava na cidade. Nós morávamos num sítio um pouco afastado. A maioria das pessoas da minha espécie prefere morar longe de centros urbanos.

Vou fazer uma lista dos meus brinquedos favoritos porque acredito que nossos brinquedos dizem muito sobre quem somos.

Então aqui vai:

BRINQUEDOS FAVORITOS DOS MEUS TEMPOS DE CRIANÇA:

1. A peteca de penas coloridas.

2. O cubo mágico (um clássico).

3. O quebra-cabeça de 1.000 peças com a imagem de um lago, com um castelo no fundo. Eu imaginava que um dia ia morar naquele castelo e dar bailes todo fim de semana. Eu teria uma carruagem pra ir ao supermercado.

4. O patinho de borracha amarelo que fazia quack quack quando eu apertava.

5. A cartola de mágico que escondia meus chifres. Meu sonho era conseguir pegar um coelho, enfiar dentro, e ficar andando com o coelho em cima da minha cabeça, escondido pela cartola. Só que eu nunca consegui. Daí meus pais me deram um coelhinho de pelúcia. Foi a glória. Eu devia ter guardado a cartola e o coelho. Fica a dica pra vocês. Se essa lista está fazendo vocês pensarem nos brinquedos que mais amam, lembrem de guardá-los com todo o carinho. Façam isso por mim

> Não precisa ser TODOS os seus brinquedos pela vida toda. Mas guardem os favoritos.

(snif). Acho que estou tendo um momento saudosista.

6. A boneca de pano de pele azul, sem rosto. O cabelo era feito de trancinhas de lã. O rosto era de tecido. Ela não tinha olhos, nem boca, nada. Na época, era moda fabricar bonecas sem rosto. Nunca entendi o motivo. Mas, se desse certo de eu crescer e ir morar no castelo do quebra-cabeça, acho que provavelmente eu a pediria em casamento.

7. O livro de mandalas pra colorir. Era muito terapêutico.

Me acalmava.

8. O fogãozinho de mentira com quatro panelinhas com tampa. Meu Consultor de Imagem sugeriu que eu deixasse esse brinquedo de fora da lista, mas o livro é meu e eu não preciso fazer tudo o que ele diz.

9. A bola inflável transparente com glitter dentro. Nunca vou esquecer do dia em que ela raspou no meu chifre e estourou. Choveu glitter pra todo lado. Demorou um tempão pra eu conseguir tirar o glitter dos meus pelos. Nessa época meus pais brincavam dizendo que eu era uma criança brilhante. Eu não gostava da piada.

Tenho trauma de glitter até hoje.

10. O ioiô de uma marca de refrigerante. Não vou falar o nome do refrigerante porque me disseram que se a gente usa nome de marcas em livros, podemos ser processados. Talvez a marca de refrigerante não queira associar sua imagem com a minha pessoa.

Azar deles.

Nota de esclarecimento ou entrevista comigo mesmo

PERGUNTA:

Na lista anterior o senhor mencionou um livro de mandalas pra colorir. Nessa passagem, o senhor comenta que o livro "era muito terapêutico". Inclusive, o senhor diz: "Me acalmava."

O senhor era uma criança nervosa? Tinha ataques de ira? Como o senhor lidava com a sua raiva?

AUTORRESPOSTA:

Eu tive pequenas crises de ansiedade em um momento da minha infância. Daí meu pai me deu esse livro de colorir de presente. Veio com uma caixa de lápis de cor. Eram 36 cores. A minha cor favorita era o verde-oliva. Ainda é. Em segundo lugar vem o verde-água. Em terceiro, o amarelo-canário.

PERGUNTA:

Interessante, mas o senhor está desviando da pergunta. O senhor era uma criança nervosa? Tinha ataques de ira? Como o senhor lidava com a sua raiva?

AUTORRESPOSTA:

Eu não era uma criança nervosa. Tive uns ataques de raiva, mas isso foi depois do Incidente Disparador. Antes, eu era uma criança feliz e tranquila. Tive uns ataques de raiva, sim. Quem não tem?

É normal ter.

PERGUNTA:

O senhor pode falar um pouco a respeito?

Eu adoro quando meu autoentrevistador me chama de senhor. Hehehe

AUTORRESPOSTA:

Posso. Eu estava brincando com meu cubo mágico e queria muito alinhar todos os quadradinhos da mesma cor. Meus amigos já tinham conseguido. Ou diziam que tinham. Nem todos mostravam o cubo montado. Mas eles diziam que tinham. Sei lá... Nesse dia resolvi que eu também ia conseguir. Era algo que eu precisava provar pra mim mesmo. Fiquei a tarde toda tentando e nunca dava certo.

NUNCA DAVA CERTO!

Pedi ajuda pra minha mãe, mas ela respondeu que não tinha tempo. Meu pai estava fora, entregando marmitas. Fui ficando nervoso. Acabei jogando o cubo contra a parede.

PERGUNTA:
Quebrou?

AUTORRESPOSTA:
Por sorte, não. Mas eu fiquei muito chateado com o cubo. Parecia que ele tinha algo pessoal contra mim.

PERGUNTA:
Como o senhor lidou com esse sentimento de rejeição?

AUTORRESPOSTA:
Peguei uma canetinha vermelha e pintei o quadradinho branco, que ficava na fileira dos vermelhos.

PERGUNTA:
O senhor se sentiu melhor fazendo isso?

AUTORRESPOSTA:
Sim, muito.

PERGUNTA:
Mas o senhor entende que isso é errado, né? É roubar no jogo.

AUTORRESPOSTA:
Sim, hoje eu entendo.

Momento terapêutico

Não sei se comentei isso nas primeiras páginas, mas meu Consultor de Imagem está me ajudando a escrever esse livro. Ele disse que seria excelente se eu encontrasse oportunidades pra mostrar meus sentimentos e fragilidades.

Não sei se vocês repararam, mas na entrevista anterior eu falei que tive pequenas crises de ansiedade quando era criança. Isso é uma fragilidade, então vou falar um pouco mais a respeito.

Se ficar muito difícil, eu paro e continuo outro dia. Mas vou tentar, pelo menos.

As crises aconteciam em qualquer hora do dia. Eu nunca entendia o motivo. Era uma sensação ruim. Parecia que eu precisava de socorro. Eu só queria que alguém me abraçasse e me desse muito, muito amor. Eu tinha medo. Muito medo. Não sei do quê.

> Não se preocupem. Eu quis dizer: difícil pra eu escrever. Pra vocês, vai ser facinho de ler.

A minha mãe perguntava assim:

— Billy, você está com medo do quê? Não tem motivo nenhum pra ter medo.

Mas eu sentia medo.

— É medo de alguém? — ela perguntava.

Não era medo de ninguém.

— De algum lugar? — ela perguntava.

Não era do lugar.

— De algum bicho? — ela perguntava.

Não era de nenhum bicho.

— De algum pensamento?

Acho que sim, eram os pensamentos dentro da minha cabeça, mas eu não sabia explicar direito. Era confuso.

— Tem alguma coisa que eu posso fazer, Billy?

Eu pedia pra ela me abraçar. Minha mãe largava a motosserra e me abraçava apertado. Ela me botava no colo e fazia cafuné na minha cabeleira. Cantava baixinho pra mim. Isso sempre ajudava. Daí, do mesmo jeito que o medo vinha, o medo passava.

Até que não foi tão difícil de escrever.

Intimidades constrangedoras da minha infância feliz

A minha editora disse que toda autobiografia precisa ter intimidades constrangedoras. Ela disse que isso é que dá sabor à história. As pessoas querem saber dos babados. Ela pediu que eu fizesse um exercício de puxar pela memória os momentos mais picantes da minha infância e compartilhar aqui com vocês.

Ela se chama Sra. Machado, mas é uma flor de pessoa. Ela disse que esse livro é o lugar pra eu abrir meu coração. Então é isso o que eu estou fazendo. Obrigado, Sra. Machado. Beijo pra você!

Minha primeira reação foi dizer assim:

— Mas eu não tenho nada tão picante na minha vida

E sabe qual foi a reação dela?

Uma gargalhada.

Ela disse assim:

— Ai, Billy, por favor. Eu sei que você tem esqueletos no armário. Todo mundo tem.

— Esqueletos no armário?! — eu perguntei, chocado.

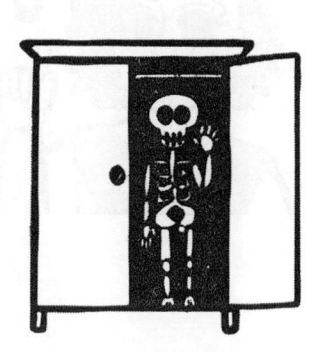

— Não literalmente, Billy. É só um jeito de falar.

— Ah, tá — eu respondi.

— Vai, querido, faz um esforcinho. Você deve ter alguma história bem cabeluda. Dessas que você não contaria nem pro seu melhor amigo.

Isso me deixou pensativo.

Então eu respondi:

— Mas, se eu não contaria nem pro meu melhor amigo, por que eu colocaria num livro?

— Porque daí os leitores vão ver que esse é um livro sincerão. As pessoas adoram um sincerão bem-feito.

Aproveitei que ela disse isso e dei uma resposta sincera.

— Não sei Eu só queria que as pessoas soubessem a verdade. Eu queria que as pessoas perdessem o medo de mim.

Então ela teve uma ideia!

— Já sei como te ajudar! — ela disse.

Ela me entregou um questionário.

Disse que eu só precisava fazer um "x" nos quadradinhos das frases que fossem verdadeiras.

Histórias cabeludas
da minha infância feliz

[ ] Fiz xixi na cama até os dez anos de idade.

[ ] Tinha medo de entrar no banheiro sozinho, no meio da noite, e olhar no espelho.

[ ] Nunca consegui fazer contas de cabeça.

[ ] Só conseguia dormir agarrado com um ursinho de pelúcia chamado Lulu.

LULU

NÃO FUNCIONAVA

[ ] Guardei meus dentes de leite numa caixa de sapato para me dar sorte no futuro.

Esse ano acho que vou voltar a escrever pra ele. Saudades do velhinho.

[ ] Escrevi cartas pro Papai Noel durante anos, mesmo não recebendo resposta, e mesmo não tendo o endereço dele.

[ ] Nos dias de prova na escola, eu usava meias especiais porque achava que elas iam me ajudar a acertar as respostas.

[ ] Já deixei muita meleca de nariz debaixo do encosto do sofá da sala.

[ ] Nos dias de frio, eu entrava no banheiro, ligava o chuveiro, e esperava sentado na privada. Depois passava desodorante pra disfarçar.

Hoje eu não faço mais isso.

[ ] Já fiquei mais de três meses sem cortar as unhas dos pés, até o ponto em que só conseguia usar chinelo.

[ ] Roubei um livro da biblioteca, porque era muito legal e eu queria ele só pra mim.

[ ] Quando meu pai colocava cookies de chocolate na minha lancheira, eu ia lanchar sozinho pra não ter que dividir com ninguém.

*Sinta-se à vontade pra registrar qualquer outra memória de infância bem constrangedora nas linhas abaixo:

_____

_____

_____

_____

_____

_____

_____

_____

_____

Devolvi o questionário com "X" em todos os quadradinhos. Na parte em que era pra eu me sentir à vontade, escrevi isso aqui:

Prezada Sra. Machado:

Enquanto eu preenchia seu questionário, lembrei de uma memória muito, muito, muito antiga. Do tempo em que eu era bebê.

Minha mãe era SUPERcarinhosa comigo. Mas era um carinho meio maluco. Às vezes, ela dizia assim:

— Ele é tão fofinho que dá vontade de morder!!!

Ela pegava meu pé e enfiava na boca. Dava mordidinhas no meu dedão. Eu quase morria de cócegas. Ela ria junto. Eu até chorava de tanto rir.

A senhora acha que isso é normal?

A senhora sabe de outros autores que passaram por isso?

Mães costumam morder seus filhos?

Será que é por isso que fiquei notório?

Será que é tudo culpa da minha mãe?

Acho que ela não fez por mal.

Acho que era só o jeito dela de demonstrar carinho.

Um beijo e um abraço,

BILLY PIMPÃO — Autor de Confissões do Bicho-Papão.

Minha editora ficou tão feliz com as respostas do questionário que ela disse que ia publicar na íntegra.

Eu não sabia o que significava "na íntegra".

Ela explicou assim:

— Vamos pegar suas respostas e publicar no livro, sem mexer em nada. Seus leitores e leitoras vão poder tirar as próprias conclusões. Fica mais inteligente desse jeito.

Quando eu perguntei se vocês (que estão lendo esse livro agora) iam caçoar de mim, ela respondeu assim:

— Billy, não se preocupe com isso. O que você está fazendo é um gesto de desprendimento. É muito bonito. Mostra que você é um sujeito transparente.

Eu sempre quis ser um sujeito transparente de verdade! Minha vida seria mais fácil.

Mesmo assim, quero aproveitar essa oportunidade pra pedir a vocês, leitores, que **NÃO** caçoem de mim. Eu precisei fazer muitos anos de terapia pra conseguir escrever tudo o que estou escrevendo aqui.

Agradeço pela compreensão.

CAPÍTULO

Os primeiros contatos com pessoas humanas

Eu estudei numa Escola Acolhedora que seguia o método Ultra-humanista. Explico. Nessa escola, todos eram bem-vindos. E quando eu digo todos, eu quero dizer todas as pessoas, humanas ou não humanas.

Estudávamos todos juntos, na mesma sala de aula. Tínhamos carteiras de diferentes tamanhos pra acomodar todos os tipos de corpos. Os banheiros também eram adaptados para pessoas não humanas do meu tamanho.

Os professores eram muito legais e compreensivos. Tinha professora humana, professor não humano, professora semi-humana, professor ultra-humano, professor humanizado, professora pós-humana, professor semi-humano.

Era um lugar especial. Fico emocionado só de lembrar.

Desculpa, vou parar por aqui, porque lembrar desse tempo mexe muito comigo.

Pronto, voltei.

Nessa escola, eu aprendi a ler e escrever.

Português era minha matéria favorita. Adoro gramática. Gosto de uma regrinha. Gosto de saber que o que é certo, é certo. E o que é errado, é errado. A vida fica mais simples assim. Acho que é por isso que eu também adoro matemática. Na matemática também, se está certo, está certo. Se está errado, está errado.

Artes, pra mim, foi um desafio.

A minha coordenação motora não era muito boa (ela ainda é meio ruim, mas já melhorou bastante). Eu era meio destrambelhado. Mas nessa escola, a professora de artes me ensinou a não ser tão crítico comigo mesmo. Ela disse que eu não precisava ficar chateado se derrubasse a lata de tinta no chão. Ela me contou de um pintor, o Jackson Pollock, que tinha um estilo muito parecido com o meu.

Vocês já ouviram falar dele?

Caso não, vou pedir pra minha editora inserir uma foto de um quadro dele aqui, ao lado dessa frase, pra vocês verem.

Esse era eu nas aulas de artes. Nossa, eu fazia a maior bagunça.

A professora me incentivava. Ela dizia pra eu
me soltar e expressar minha criatividade.

Ela dizia assim:

— Isso, Billy! Solta seus bichos!

Meus colegas nunca entenderam a minha arte. Eles
achavam que a professora estava me protegendo.

Hoje, relembrando esses tempos, até me arrependo, sabia?

Momento terapêutico

Ontem, depois que escrevi as páginas que vocês acabaram de ler, fui pra minha sessão de terapia em grupo. Li pro grupo tudinho que acabei de contar pra vocês.

E sabe o que o meu terapeuta disse?

Que nunca é tarde pra começar.

Ele disse assim:

— Billy, o que te impede de voltar a pintar?

Respondi:

— Tinta e pincel. Eu não tenho pincel em casa. Ah, e o tecido da tela também.

— Já tentou comprar pela internet?

— Nunca pensei nisso.

Daí sabe o que ele fez?

Mandou eu pegar meu celular e encomendar tudo que eu precisava. Tecido, tinta, pincéis, avental, lona, tudo.

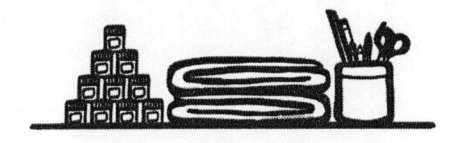

Ele é um terapeuta do tipo "mão na massa".

Peguei o celular e comprei todo o material.

Meus amigos do grupo de terapia fizeram uma roda em volta de mim. Eles se deram as mãos e acompanharam o pedido. Quando eu finalizei a compra, eles me abraçaram.

Daí meu terapeuta disse assim:

— Billy, você tem o direito de ser feliz.

Não é lindo?

Preciso escrever essa frase novamente.

Eu tenho o direito de ser feliz.

Desculpa, mas vou ter que fazer uma pausa no meu relato e agradecer.

PAUSA

A você que está lendo essas palavras, obrigado!

Obrigado por você existir.

Obrigado por estar comigo nesse momento.

Acho que eu já disse isso antes, mas esse livro está sendo muito curativo pra mim. E eu só estou escrevendo esse livro porque você existe e está aí do outro lado, lendo. Você pode não saber, mas está me ajudando muito.

I love you.

PRONTO.
FIM DA PAUSA

Sim, voltando ao título desse capítulo.

Caso vocês tenham esquecido, nós estamos no capítulo:

CAPÍTULO

Primeiros contatos com pessoas humanas

Continuando...

Além dos professores, que eram muito legais, foi na Escola Acolhedora que conheci as primeiras pessoas humanas de carne e osso. Elas eram diferentes do que eu imaginava. Eram peladas.

EXPLICAÇÃO DO QUE É UMA PESSOA HUMANA PELADA:

Pessoas Humanas Peladas são humanos sem pelos sobre a pele do corpo, mas com uniforme. Deu pra entender?

EU

MEUS COLEGAS HUMANOS

As pessoas humanas eram minúsculas. Tinham metade do meu tamanho. Não tinham chifres, nem garras, nem presas na boca, nem rabo, nada.

Não tinham quase nenhum sistema de defesa natural.

Por isso, toda vez que eu brincava com meus colegas de escola, tomava todo o cuidado pra não machucá-los. Qualquer tombo e eles já arranhavam os joelhos. Qualquer bolada e eles ficavam dodói.

Qualquer líquido fervente e eles se queimavam. Eles eram delicadíssimos.

> Eu tinha muita peninha delas.

Lembro da primeira vez que levei dois colegas humanos da escola pra dormir lá em casa. Eu tinha tanto medo que eles se machucassem que fiz tudo bem devagarinho, prestando bastante atenção. Assim, não tinha perigo de eu cair em cima deles, ou espetá-los com meus chifres sem querer. No fim, deu tudo certo. Eles adoraram a comida do meu pai. Nesse dia ele fez pizza com direito a tudo e mais um pouco. E foram embora inteiros.

> Essa é uma dica que vale pra tudo na vida. Fazer as coisas devagar e com atenção evita acidentes.

Vou pedir pra minha editora colocar uma foto desse fim de semana bem embaixo dessa linha aqui. Daí vocês vão entender melhor do que estou falando.

CAPÍTULO

Professores queridos e suas lições maravilhosas

Eu sei o que vocês estão pensando.

Querem ver só?

Hum, esse capítulo tem todo o jeito de ser o autor puxando o saco dos seus professores só pra ficar bem na foto.

Aposto que foi sugestão do Consultor de Imagem dele.

Certeza que foi a editora que mandou ele escrever um monte de elogios pros professores, porque eles adoram livros em que aparecem como os verdadeiros heróis da história.

Lamento dizer, mas não foi nenhuma das opções acima.

Estou escrevendo esse capítulo da minha cabeça.

Ninguém pediu pra que eu escrevesse sobre minhas professoras e professores queridos.

Também não tenho motivo pra puxar o saco deles a essa altura do campeonato. Eu já passei de ano. Já saí da escola. Já virei adulto. Eu não devo nada aos meus antigos professores do passado remoto.

Pra que não fique nenhuma dúvida, vou listar os motivos por que estou escrevendo esse capítulo:

Motivos por que estou escrevendo esse capítulo:

1. Porque hoje acordei sentimental.

2. Porque escrever um livro é parecido com fazer uma lição de casa.

> Duas atividades que podem ser muito legais ou difíceis. Depende do jeito como a gente faz.

3. Porque se não fosse minha professora Genoveva, eu não saberia escrever. E, se eu não soubesse escrever, nem eu nem vocês estaríamos aqui agora, conversando um com o outro através dessas páginas.

4. Porque eu tenho esperança de que meus antigos professores estejam lendo essas palavras e fiquem muito orgulhosos de mim.

> Vocês estão aí? Se sim, mandem uma mensagem para mim. Prometo responder.

5. Porque os professores da escola onde estudei eram heróis de verdade, só que aposentados. Depois que se aposentavam, eles viravam professores de criaturas como eu. Era uma segunda carreira, que começava após os 60 anos, e não exigia tanto esforço físico.

6. Porque eu preciso me desculpar por todos os danos que causei na escola onde estudei. Desculpa aí. Foi mal.

7. Porque agora que sou adulto descobri que as coisas que meus professores me ensinaram lááááááááá na infância valem até hoje!

É verdade!

8. Porque pode ser um incentivo pra vocês valorizarem os seus professores também.

Não, eles não me ofereceram um cachê especial pra que eu escrevesse isso.

9. Porque talvez eu também vire professor, agora que me aposentei.

Mais pra frente eu explico isso melhor.

10. Porque, se eu contar quem foram meus professores, vocês vão entender melhor quem eu sou e por que sou desse jeito. Meu Consultor de Imagem disse que é muito importante fazer com que as pessoas entendam a minha essência. Achei chique isso.

INTERRUPÇÃO EXTRAORDINÁRIA PARA EXPLICAÇÃO NECESSÁRIA E URGENTE

Pedimos licença para interromper o desenvolvimento desse capítulo e esclarecer o que o autor quis dizer com a frase, considerada muito problemática, no item 6 da lista anterior.

6. Porque eu preciso me desculpar **por todos os danos que causei na escola onde estudei**.

PERGUNTA:
O que o senhor quis dizer com isso? Poderia listar quais danos foram esses? Foram graves? O senhor foi expulso da escola? Houve multas? Alunos foram feridos?

AUTORRESPOSTA:
Vou esclarecer tudinho, mas posso pedir um favor?

PERGUNTA QUE É RESPOSTA:
Sim.

AUTORRESPOSTA:
Não faça várias perguntas uma seguida da outra. É irritante e me deixa confuso.

PERGUNTA:
Tudo bem. Primeira pergunta: O que o senhor quis dizer com isso?

AUTORRESPOSTA:

Com isso o quê?

PERGUNTA:

Com a frase: "Porque eu preciso me desculpar por todos os danos que causei na escola onde estudei."

AUTORRESPOSTA:

Ah, sim. Foram alguns incidentes que aconteceram durante o meu período de formação. Eu ainda não era uma pessoa completamente educada. Era um pouco atrapalhado, distraído, agitado, trambolhudo e sem muita coordenação motora.

PERGUNTA:

Certo, e quais foram os danos?

Meu pai tentou mudar isso, mas o diretor da escola era contra batata frita todo dia. Ele não achava saudável.

AUTORRESPOSTA:

Uma janela quebrada durante um jogo de pingue-pongue.

Uma lousa que rachou no meio durante a prova de ciências.

Uma carteira que voou sem querer.

Uma travessa de batata frita que sumiu misteriosamente da cantina da escola no único dia do mês em que ia ter batata frita na merenda.

Um globo terrestre que rolou pro meio da avenida e foi esmagado pelo pneu do carro da diretora bem no dia em que estávamos estudando desastres ambientais.

PERGUNTA:

A minha segunda pergunta era se o senhor poderia fazer uma lista com os danos. Como o senhor já fez, vou pra próxima pergunta. Esses danos foram graves?

AUTORRESPOSTA:

Vou responder com os níveis de gravidade, ok?

O dano mais grave possível é nível 10.

O pouco grave é nível 1.

Uma janela quebrada durante um jogo de pingue-pongue — Nível 8 de gravidade.

Uma lousa que rachou no meio durante a prova de ciências — Nível 9 de gravidade.

Uma carteira que voou sem querer — Nível 8 de gravidade.

Uma travessa de batata frita que sumiu misteriosamente da cantina da escola no único dia do mês em que ia ter batata frita na merenda — Nível 10 de gravidade.

Um globo terrestre que rolou pro meio da avenida e foi esmagado pelo pneu do carro da diretora bem no dia em que estávamos estudando desastres ambientais — Nível 10 de gravidade.

PERGUNTA:

O senhor foi expulso da escola?

AUTORRESPOSTA:

Não. Era uma Escola Acolhedora, com professores muito compreensivos. Depois desses incidentes eles me mandavam pra diretoria e conversavam comigo. Não tinha bronca, castigo, expulsão, reprimenda. Nada disso.

PERGUNTA:

Houve multas?

AUTORRESPOSTA:

Não.

PERGUNTA:

Alunos foram feridos?

AUTORRESPOSTA:

Mais ou menos.

PERGUNTA:

O senhor pode explicar melhor?

AUTORRESPOSTA:

Sim, vou explicar caso por caso.

Primeiramente — a janela quebrada durante um jogo de pingue-pongue.

Nesse caso, a vítima fui eu mesmo. Aconteceu durante uma partida com um colega que era fera em pingue-pongue. Não só no pingue-pongue. Ele dava umas cortadas poderosas. Eram tão fortes que eu ficava de queixo caído. Esse foi o problema. Eu estava de queixo caído, passado com o jeito como ele jogava, e ele atirou uma bolinha pra dentro da minha boca. Bateu lá no fundo da minha garganta e ficou entalada. O bedel teve de me virar de ponta-cabeça pra que eu cuspisse a bolinha.

Na verdade, ele era uma fera, literalmente.

Foi horrível!!!

Enquanto isso, meu amigo ficou rindo sem parar, porque por algum motivo ele achou engraçado que eu tivesse quase engolido a bolinha de pingue-pongue. Depois de meia hora conseguiram desentalar a bolinha. Eu fiquei tão bravo que levantei a mesa e joguei na direção do meu amigo.

PERGUNTA:

A mesa de pingue-pongue?!!!

CONTINUAÇÃO DA AUTOEXPLICAÇÃO:

Sim. Foi o objeto mais próximo, e eu senti a necessidade de jogar alguma coisa de volta bem na cara do meu colega. A primeira coisa que vi foi a mesa, então eu joguei. Ela voou pelos céus, em direção ao prédio da escola, e acertou a janela da diretora.

Eu ainda não tinha aprendido que vingança é sempre uma péssima ideia. Só piora as coisas. Posso passar pro segundo?

RESPOSTA:

Pode.

SEGUNDA AUTOEXPLICAÇÃO:

Segundamente — uma lousa que rachou no meio durante a prova de ciências.

Esse não causou nenhum dano físico em ninguém. Só psíquico. Vou explicar. Dano psíquico é quando não machuca no corpo, mas machuca o nosso pensamento. Do mesmo jeito que palavras machucam. Era uma prova sobre elementos químicos da tabela periódica. Eu sempre confundia os elementos. Achava revoltante. Tinha o Rutênio, o Polônio, Moscóvio!

Não gosto nem de lembrar!

Você acha que eu conseguia decorar esses nomes? Dava nó na minha cabeça. Daí, no meio da prova, eu estava me esforçando tanto, tanto, tanto pra lembrar o lugar do Oganessônio na tabela que minha mente chegou ao limite da sua capacidade e a lousa rachou no meio.

Bons nomes pra um gato.

Quem inventa esses nomes?!

PERGUNTA:

Mas o que uma coisa tem a ver com a outra?

AUTORRESPOSTA:

Foi uma liberação energética da minha mente, compreende? A lousa rachou e tombou no chão. O professor, que estava meio que cochilando, enquanto a gente fazia a prova, levou o maior susto. Ficou furioso porque achou que alguém tinha feito aquilo de propósito. Então eu me levantei e pedi desculpas. Disse que foi sem querer. Ele arrancou a prova da minha mão e me mandou pra diretoria. Ele tremia. Eu também tremia.

Nós dois tremíamos. Ele disse que nunca tinha visto nada parecido. Só que eu também não! Foi muito traumático. Depois desse dia o professor tirou uma licença. Por isso que eu acho que teve o dano psíquico. Deu pra entender?

PERGUNTA:

Mais ou menos. Passa para a outra.

TERCEIRA AUTOEXPLICAÇÃO:

Terceiramente — uma carteira que voou sem querer. Bem, essa é simples de explicar. Eu estava procurando minha borrachinha cheirosa em forma de hambúrguer que tinha caído no chão. Daí, uma amiga minha, só pra zoar comigo, pisou em cima da borracha. Eu achei aquilo muito bobo. A borrachinha era novinha e ela ficou esfregando o

> Eu tinha uma coleção de borrachinhas. Tinha de hambúrguer, de sorvete, de carrinho, de urso de pelúcia, de tartaruga, de elefantinho. Tão lindas.

tênis em cima da borracha. Fiquei bem chateado. Daí eu agarrei a perna dela, pra resgatar minha borracha, só que ela era muito forte. Eu não conseguia erguer a perna dela de jeito nenhum. Acabei erguendo a carteira que voou pro teto.

PERGUNTA:
Como assim, voou para o teto?

CONTINUAÇÃO DA AUTOEXPLICAÇÃO:
Lembra que eu disse que minha coordenação motora não era muito boa? Na verdade, em vez de erguer a perna da minha colega, eu ergui a perna da carteira e sem querer joguei pro alto. Ela bateu no teto e voltou. Caiu em cima de mim. O único que saiu machucado fui eu mesmo. E a minha borrachinha cheirosa. Ficou imunda.

> Depois eu lavei, mas não limpou totalmente.

QUARTA AUTOEXPLICAÇÃO:
Quartamente — a travessa de batata frita que sumiu misteriosamente da cantina da escola no único dia do mês em que ia ter batata frita na merenda.

Esse incidente também não teve vítimas a não ser eu mesmo. Entrei na cantina meia hora antes da merenda e comi tudo sozinho.

Tive uma dor de barriga medonha e fui parar no hospital. Minha mãe ficou horrorizada comigo. Ela falava sozinha enquanto andava em volta da minha cama hospitalar. Botava a mão na cabeça e dizia: "Eu não acredito!!!", "Eu não acredito!!!"

Ela realmente não conseguia acreditar que eu tinha comido cinco quilos de batata frita sozinho, só porque me bateu um ataque de fome que eu não consegui controlar. Ela ficou muito preocupada com o meu futuro. Achou que eu não ia poder conviver em sociedade. Quando eu sugeri que nos mudássemos pra um país que não tivesse batata frita, ela sentou numa cadeira e chorou baixinho. Foi um episódio bem triste da minha infância.

Hoje em dia eu prefiro batata assada com um pouco de alecrim.

PERGUNTA:
Você se arrepende?

AUTORRESPOSTA:
Não.

PERGUNTA:
Certo. Vamos pra próxima.

QUINTA AUTOEXPLICAÇÃO:
Quintamente — o globo terrestre que rolou pro meio da avenida e foi esmagado pelo pneu do carro da diretora bem no dia em que estávamos estudando desastres ambientais.

Nesse caso, nenhuma pessoa real se machucou, mas foi traumático mesmo assim. Todos os meus colegas viram a cena. O pneu do carro da diretora esmagando o planeta Terra e toda a população, de todos os continentes.

Teve uma colega que até gritou e cobriu os olhos. Acho que todo mundo pensou a mesma coisa. Que nós íamos morrer esmagados. A diretora ficou furiosa. De novo. Ela parou o carro, saiu e respirou fundo umas dez vezes pra se controlar. Ela tinha um jeito de ficar furiosa só por dentro. Por fora ela disfarçava bem. Ela pegou o globo achatado e sabe o que ela fez?

RESPOSTA:
Não.

CONTINUAÇÃO DA AUTOEXPLICAÇÃO:
Jogou na lata de lixo.

Daí, aquela mesma colega, que já estava abalada com a cena, caiu no choro. Eu me aproximei dela e fiz um carinho nos seus ombros. Ela me abraçou. Eu me senti culpado, porque tinha jogado o globo terrestre pela janela sem querer.

LIXO

Eu não imaginava que ia acontecer tudo isso.

PERGUNTA:

Por que você jogou o globo terrestre pela janela?

CONTINUAÇÃO DA AUTOEXPLICAÇÃO:

Como eu disse, eu tinha um problema de coordenação motora. Eu estava fazendo uma apresentação sobre terremotos. Peguei o globo terrestre pra mostrar umas placas tectônicas. Eu tinha preparado uma apresentação bem legal. Lembro que nesse dia eu estava relaxado, muito seguro do que estava dizendo. Até preparei um rap pra falar das placas tectônicas. Enquanto eu cantava meu rap com o globo terrestre na mão, eu ia mexendo o corpo e dançando.

Daí me empolguei e girei o globo terrestre na ponta do dedo, sabe? Estilo jogador de basquete? Só que eu não sou jogador de basquete, e o globo escapou pela janela. O resto da história você já sabe.

VOLTANDO AO CAPÍTULO:
Professores queridos e suas lições maravilhosas

Pronto, agora sim, vou poder falar sobre meus professores queridos e as principais lições que ficaram gravadas na minha mente e no meu coração.

Ele tinha seis braços e quatro pernas.

Na época em que eu era criança, não existiam aplicativos de dancinha. Não existia aplicativo pra nada, na verdade. Se a pessoa quisesse aprender a dançar, ela fazia aulas com o Asdrúbal. Ele era o máximo.

Ver o Asdrúbal dançando era um espetáculo impossível de reproduzir em palavras.

Ele tinha um lema.

"A vida é uma dança cósmica."

O que ele queria dizer com isso?

Que vida é movimento. Movimento é vida.

Enquanto Asdrúbal filosofava sobre vida e movimento, ele se movimentava. Braços envolviam sua cabeça, contornavam sua cintura por trás das costas, acariciavam seu rosto ao mesmo tempo que pernas rodopiavam no ar, traçavam círculos no chão, abriam espacate, giravam pirueta.

Era um troço lindo de ver.

Asdrúbal dizia que a dança precisa ser fluida.

Ele dizia pra gente se soltar sem pensar.

Eu me soltava. Gostava de rolar no chão. Ele incentivava.

— Isso, Billy! Isso! Você é uma bola rolante, você é o redemoinho bom,

você é um planeta,

você é a bola em campo no jogo da final da Copa do Mundo, você é o mundo!

Eu me sentia o planeta, a bola que faz o gol no final da Copa, eu me sentia o mundo.

— Agora suba, Billy. Você é o Sol! Você é o foguete. Você é o raio da tempestade de verão!

Eu pulava pro alto e gritava com os braços pra cima. Eu me atirava em direção ao infinito, desafiava a gravidade, dava o grito do raio na tempestade de verão.

Asdrúbal incentivava.

No final, eu me sentia leve, leve Era tão bom. Eu devia voltar a dançar assim.

As aulas sempre terminavam com o Prof. Asdrúbal enroscado na barra que ficava em frente ao espelho, se contorcendo, com sua imagem duplicada às suas costas. Ele dizia:

— Crianças, tudo que eu desejo a vocês é que nunca percam a flexibilidade.

Nunca travem.

Nunca fiquem sérios, rígidos e previsíveis.

Nem acredito que estou contando tudo isso pra vocês.

E principalmente: nunca deixem de dançar! Não importa a hora nem o lugar!

O DIA EM QUE DESCOBRI QUE PROFESSORES TAMBÉM CHORAM

Teve um dia em que o Prof. Asdrúbal estava borocoxô. Ele colocou uma música tristíssima.

> Só um pianinho e um violino sofrido.

Disse que naquele dia não teria movimento estrambótico nenhum.

Ele ia nos contar uma história.

Pediu que sentássemos em roda e prestássemos atenção.

O Prof. Asdrúbal começou falando do incidente que tinha acontecido na escola naquele dia. Um aluno humano, num momento de ira, havia usado a palavra que começa com "M" e termina

> Na nossa escola era proibido usar a palavra que acho que vocês adivinharam. Aquela lá que eu disse que não ia usar aqui.

com "tro" para xingar um colega não humano.

Foi bem na hora do recreio e todo mundo ouviu.

O Prof. Asdrúbal disse que ele mesmo, em sua infância, havia sido xingado dessa mesma palavra muitas vezes.

— Todo dia, na verdade — ele desabafou.

Só porque ele tinha alguns braços e pernas adicionais.

Ele baixou a cabeça. Ficou pensativo. Parecia que estava revivendo a cena. Dois dos seus braços cobriram o rosto enquanto outros apalpavam a mesa em busca de uma caixa de lenços.

O Prof. Asdrúbal era tão expressivo na maneira como contava histórias que eu até fiquei com vontade de chorar.

Foi aí que ouvimos um "snif".

Quando vimos, o Prof. Asdrúbal chorava baixinho, relembrando sua infância.

Acho que não fui o único que senti vontade de abraçá-lo. Mas ninguém teve coragem. Ficamos quietos, prestando atenção.

Ninguém nunca tinha visto um professor chorando antes.

Então ele ergueu a cabeça lentamente. Seus olhos estavam vermelhos.

Ele afastou os cabelos da testa, assoou forte o nariz e prosseguiu:

— Só por causa das minhas pernas e braços adicionais.

Nessa hora, uma das pernas adicionais traçou um círculo no chão. Um dos braços gesticulou no ar. Uma outra perna se alongou atrás das costas.

Ele prosseguiu:

— Foi assim que aprendi a dançar.

Dizendo isso, ele foi se desenrolando e dançando.

Dançando e falando.

— Hoje estou aqui, dançando, feliz, contando essa história pra vocês.

Ele bailava pela sala e nós bailamos juntos, encantados com o jeito como ele se mexia.

Eu não disse que esse ia ser um livro curativo?

De repente ele parou e nos deu uma grande lição de vida que vou reproduzir aqui.

GRANDE LIÇÃO DE VIDA
DO PROFESSOR ASDRÚBAL

"Usem sua natureza a seu favor."

PROF. MIEKO MISHIMA
Reparos, consertos, remendos e disfarces

Ela tinha uma papada, mas não era na língua.

Sempre me considerei uma pessoa prática. Por isso eu adorava as aulas da Prof. Mieko Mishima. Elas eram zero teoria. Cem por cento prática.

A Prof. Mieko era muito direta. Falava tudo na nossa cara, sem papas na língua.

— Vocês são desastrados? — ela perguntou logo na nossa primeira aula.

Ninguém levantou a mão. Ou as patas. Ou as garras.

Mas Mieko respondeu por nós.

— Vocês **SÃO** desastrados.

Dessa vez, sem ponto de interrogação.

Daí ela mudou o tom de voz pra um estilo carinhoso.

— Mas tu-do bem.

Eu adorava o jeito como ela fazia essa pausa entre o "tu" e o "do". Ela fazia de um jeito que parecia que ia ficar tudo bem mesmo.

Ela repetiu.

— Tu-do bem. Não tem problema nenhum em ser desastrado contanto que...

A Prof. Mieko era boa em pausas. Criava uma expectativa.

Ela continuou.

— ... Contanto que vocês saibam consertar tudo o que vão quebrar sem querer ao longo da vida.

Do jeito que ela dizia, parecia a coisa mais tranquilinha do mundo. Quebrou, consertou, simples assim.

COMENTÁRIO PARALELO MAS QUE TEM TUDO A VER:

Vocês já entraram naquelas lojas que têm plaquinhas como essa aqui?

Eu já. Essas plaquinhas me deixam muito tenso. Tenho vontade de sair correndo da loja antes que eu cause algum desastre que vai me custar uma fortuna depois.

FIM DO COMENTÁRIO PARALELO.

RETORNANDO À AULA DA PROF. MIEKO

Então, nas aulas da Prof. Mieko, não tinha esse tipo de tensão. Quebrar objetos não era nenhum drama, contanto que você soubesse consertar depois. Simples assim.

Isso, pra mim, foi **tão** libertador!

Vocês nem imaginam.

E agora vou confessar uma coisa. Eu fui um daqueles alunos desastrados que não teve coragem de levantar a mão quando a Prof. Mieko perguntou quem era desastrado.

> Hoje eu não sou mais. Vocês também vão melhorar. Depois que a gente cresce a coordenação motora melhora!

Só naquela semana eu tinha quebrado:

1. Uma escova de dentes.
2. Dois copos.
3. A motoserra da minha mãe.
4. A torneira do banheiro da escola.
5. Uma máquina de fazer pão.
6. Uma torre de transmissão de energia elétrica.
7. Um degrau da escada.
8. Uma gangorra.
9. Uma unha que não pertencia a mim.
10. Uma viga.

Tudo **sem querer**!

Eu pensei em explicar, nas próximas páginas, tim-tim por tim-tim, o motivo de cada incidente, as circunstâncias e o que eu tinha tentado fazer pra consertar, mas a minha editora disse que é melhor não. Ela acha que a essa altura do livro vocês já entenderam que eu era destrambelhado por natureza, com coordenação motora zero e pouca noção da minha força física.

Eu discordo um pouco dela, mas vou obedecer. Então, desculpa, mas vocês vão ter que usar a imaginação pra entender as circunstâncias por trás de cada incidente.

Voltando à aula da Prof. Mieko...

Eu era exatamente o tipo de aluno que ela pretendia ajudar.

Mais que isso, tive a sensação de que eu era a razão da Prof. Mieko existir.

Se tinha alguém naquela escola que precisava dos ensinamentos dela, esse alguém era eu.

Ela sentiu o mesmo em relação a mim.

Foi um encontro de almas.

Mieko, I love you!

Graças a ela, hoje eu posso apresentar outra lista de cinco itens pra vocês. Só que agora (tchan-nan!) — de cinco habilidades que eu aprendi com ela.

MINHAS HABILIDADES PESSOAIS PRA REVERTER DANOS CAUSADOS POR MIM MESMO:

1. Conhecimentos básicos de eletroeletrônica;
2. Curso de corte e costura nível avançado;
3. Experiência comprovada em impermeabilização, vedação e revestimentos;

4. Conhecimento prático e teórico de técnicas de primeiros socorros (não inclui procedimentos cirúrgicos);

Minha habilidade favorita!

5. Domínio da técnica milenar de Kintsugi.

MOMENTO:
INTERRUPÇÃO IMPORTANTE!

Aposto que entre vocês temos leitores se perguntando:

— Kintsugi?! O que é isso?

— Do que ele está falando?

— Ele deu pra falar japonês agora?

— Nunca ouvi falar disso!

— Acho que não estou entendendo mais nada desse livro.

— De onde ele tirou *Kintsugi*? Deve ser invenção dele.

— Acho que ele quis dizer King Sushi, o rei dos sushis.

— Mas o que o Rei dos Sushis tem a ver com habilidades pra consertar coisas?

Calma, calma, calma. Não é nada disso. Não tem nada a ver com sushi. Não entrem em desespero. A explicação já está chegando e vai fazer todo o sentido.

Vamos à explicação!

EXPLICANDO A TÉCNICA MILENAR DE KINTSUGI

1 - O QUE É:

É um lindo ensinamento que vem lá do Japão.

Explicando de um jeito muito simples, é assim:

Se você quebrar um objeto de porcelana ou cerâmica, **não jogue os cacos fora**.

Você simplesmente gruda os cacos de volta usando cola misturada com pó de ouro.

Assim você dá uma segunda chance ao objeto.

Você não torce o nariz pro objeto, dizendo que ficou feio, todo remendado.

Os remendos são o símbolo de um evento na vida daquele objeto, apenas isso. Não precisa jogar o objeto fora só porque quebrou. Se conseguimos ser carinhosos com nossos objetos, podemos ser carinhosos com as pessoas também.

2 - COMO FAZER:

Explicando de um jeito muito simples, você pega cola, mistura com pó de ouro, mexe bem, pega um pincelzinho e vai passando na borda dos cacos pra grudar tudo de volta, feito um quebra-cabeça.

ATENÇÃO! – essa explicação é beeeeeeeeeee-eeeeeeeeeem simplificada. Digo isso pra que nenhum mestre na técnica de Kintsugi leia esse livro e tenha um treco.

RECADO A VOCÊ, QUERIDO, QUERIDA, MESTRE, MESTRA DE KINTSUGI QUE TALVEZ ESTEJA LENDO ESSE LIVRO.

Não brigue comigo! Eu estou simplificando **bastante**.

Agora vou continuar, ok?

Então você deixa secar e tchan-nan! Está pronto. Já pode quebrar de novo.

Brincadeira!

3 – CONSEQUÊNCIAS A LEVAR EM CONSIDERAÇÃO OU POLÊMICAS MATERNAIS:

Minha mãe, que não é nenhuma mestra em Kintsugi, teve um piti quando ficou sabendo que nossa escola estava ensinando essa técnica pra gente.

Eis o que ela disse. Ou melhor...

Eis o que ela berrou:

Não vou reproduzir as falas de outras mães iradas porque acho que vocês já entenderam a questão.

No fim, optamos por substituir ouro em pó por glitter da papelaria.

Eu, pessoalmente, não notei a diferença. Achei que ficou lindo igual.

MOMENTO MERCHAN:

CARO LEITOR DESASTRADO!

SEUS PROBLEMAS ACABARAM!

QUEBROU UM PRATO? UMA TRAVESSA? O VASO DE PORCELANA CARÍSSIMO DA SUA TITIA QUERIDA?

KINTSUGI É A RESPOSTA!

LIGUE AGORA. RETIRAMOS O OBJETO NO LOCAL E DEVOLVEMOS EM 24 HORAS COM REMENDOS DOURADOS BRILHANTES LINDOS E ORIENTAIS!

GRANDE LIÇÃO DE VIDA DA PROF. MIEKO MISHIMA:

CAPÍTULO

Rumo ao mundo real

Talvez, desse ponto em diante, esse livro comece a ficar um pouco sombrio.

Mas nós vamos ter que passar por esse momento porque é agora que vocês vão entender por que alguém tão tranquilo e sossegado como eu pegou fama de ser um Bicho-Papão.

Eu até pensei em pular essa parte, mas minha editora não deixou.

Ela disse assim:

— Billy, querido, pensa comigo. Uma pessoa que compra a autobiografia do Bicho-Papão é uma pessoa que tem interesse por assuntos cabeludos, concorda? Ela quer saber tudinho da sua vida. Inclusive as partes sombrias.

Eu não sei se ela disse isso por eu ser um cara cabeludo, ou se foi uma metáfora.

Momento metáfora:

Metáfora é quando você usa palavras que não significam aquela coisa pra falar daquela coisa, mas de um jeito que todo mundo entende. Deu pra entender?

Acho que não.

Mas, ok, porque eu tenho quase certeza que você já aprendeu isso na escola.

Voltando ao assunto sombrio ou "cabeludo"...

Depois que me formei na Escola Acolhedora, meus pais disseram que eu estava pronto pra conhecer o Mundo Real.

Eu não estava, na verdade.

Mas eles insistiram que eu estava.

Eu não estava nem um pouco. Eu estava apavorado, isso sim.

Eles me encorajaram. Disseram que eu era uma pessoa não humana sensível, amorosa, com um coração gigante e que, portanto, não tinha nada a temer.

Eles tinham dito que quando eu me formasse na escola, me dariam um carro de presente.

De fato, eles deram.

Não era um carro — carro, da maneira como vocês devem estar imaginando.

Eles disseram assim:

— Filho, o mundo é todo seu. Vai. Seja feliz!

Por sorte, o tanque estava cheio.

Na verdade, segui pela estradinha de terra na frente do nosso sítio.

Então eu dei partida e saí pelo mundo.

Liguei o rádio. Estava tocando uma música bonita. Lembro direitinho da letra, porque era a música favorita do meu pai.

Nessa época, meu inglês era nível iniciante, mas meu pai tinha traduzido pra mim. A letra dizia que todos nós vivemos num submarino amarelo.

Meu pai dançava comigo toda vez que essa música tocava no rádio. Ele dizia que a música era contagiante. Só que nesse dia ela não me deixou alegre e contente como antes. Ela só me deixou com vontade de voltar para a minha infância.

O nome disso é nostalgia. Uma mistura de saudade, tristeza e suspiros. Ai, ai...

Encontros que só acontecem porque botamos o pé na estrada

(Mesmo que o meu pé estivesse no acelerador, e não na estrada, mas vocês entenderam)

Dei um nome pro meu carro.

Era o "Submarino Amarelo-Pálido". Foi uma homenagem ao submarino da canção, porque o carro era amarelo clarinho. E também porque ele era mais que um carro. Na verdade, era a velha Kombi que meu pai usava pra entregar marmitas na cidade.

Junto com a Kombi veio uma caixa de ferramentas com martelo, chave de fenda, parafusos, alicate, um rolo de arame e um manual de instruções. Tudo isso foi muito útil porque depois de dois quilômetros, quando passei no primeiro buraco da estrada, o escapamento caiu. **Eu desacreditei!**

Parei, desci da Kombi e pensei comigo:

Certo, então é isso o que chamam de vida adulta.

Não tinha ninguém pra me ajudar.

Era apenas eu, comigo mesmo, e eu.

Sentei no meio-fio, respirei fundo, e fiquei olhando pro nada, sem ideia do que fazer com o escapamento caído.

Se minha vida fosse um conto de fadas, nesse momento tenho certeza que uma fada bem boazinha apareceria do nada. Ela seria esvoaçante também. Uns dez centímetros de altura. Teria uma tiara de brilhantes na cabeça, e estaria pronta pra me ajudar.

Bastaria um movimento da sua varinha de condão e — plim — o escapamento flutuaria de volta pro lugar dele.

Mas minha vida não é um conto de fadas. Acho que isso vocês já devem ter percebido, né?

Eu tive que abrir o manual.

Estava em alemão.

O problema é que meu alemão era nível inexistente nessa época.

Eu soltei um berro.

— ESTÁ EM ALEMÃO!!!

Na verdade, antes dessa frase eu disse um palavrão. Mas meu Consultor de Imagem disse que usar palavrões no livro não vai ajudar em nada na nova imagem que estou querendo passar.

Depois do palavrão, seguido pelo grito, nada aconteceu.

Então chutei o pneu da kombi e gritei mais alto:

— ESTÁ EM ALEMÃO!!!!

Um passarinho levantou voo.

Fora isso, nada aconteceu.

Voltei a me sentar no meio-fio e disse baixinho:

— Eu não acredito que está em alemão. Snif.

Nesse instante aconteceu uma coisa inacreditável.

Um carro parou.

Um homem desceu do carro.

Ele olhou pra mim.

Era alto, ruivo, gordo e usava óculos espelhados com armação verde.

Achei o máximo os óculos dele.

Ele disse:

— *Kann ich Ihnen helfen?*

— Hã? — eu perguntei, sem entender patavina do que ele disse.

Ele repetiu:

— *Kann ich Ihnen helfen?*

Fiz cara de "Hã?", de novo, mas dessa vez só com a boca aberta.

Eu não estava entendendo nada.

Se vocês também não entenderam não tem problema. Tudo vai fazer sentido já já.

O homem apontou pra Kombi, pro escapamento caído no meio da estrada e depois pra ele mesmo. Repetiu pela terceira vez.

— *Kann ich Ihnen helfen?*

Dessa vez entendi um pouco mais, mas não tudo.

Entreguei o manual pra ele.

— Está em alemão — eu disse.

O homem pegou o manual, olhou, olhou e sorriu.

— *Ja, das ist Deutsch!* — ele disse com um jeito animado.

Daí, sei lá por que, ele folheou o manual até uma página.

Fingiu que estava lendo.

Ou leu e fingiu que estava entendendo.

Ele estava lendo.

Ele lia um pouco, mexia nas ferramentas da minha caixa de ferramentas e lia mais um pouco.

Pegou o escapamento, virou pra um lado, pro outro, e comparou com o desenho que estava no manual.

Daí deitou no chão, se enfiou debaixo da Kombi e sumiu de vista.

Depois de meia hora o homem saiu de baixo da Kombi, apontou pro banco do motorista e girou uma chave imaginária.

Fez a mímica de uma pessoa dirigindo uma Kombi.

— Você quer que eu dê partida? — perguntei.

Fiz a mímica igual a dele. Só que dessa vez, fingindo que era eu mesmo dirigindo.

O homem balançou a cabeça no gesto internacional do SIM e respondeu:

— *Ja, ja!*

Tipo iá-iá.

Só que o som não era "já". Era "iá".

Eu repeti o "iá-iá".

Ele repetiu o "iá-iá".

Entrei na Kombi, girei a chave. Pisei de levinho no acelerador.

O homem acenou pra mim e disse, de novo:

— *Ja, ja!*

Ele deu um tapinha na lateral da Kombi, do tipo "Tchau! Boa viagem!".

E foi assim que meu conhecimento de alemão foi do nível inexistente pro nível iniciante num único dia.

Hoje, passados muitos anos, posso dizer pra vocês que *ja* significa SIM em alemão.

Viu? Vocês também acabaram de aprender uma palavra muito útil em alemão!

Gosto de contar essa história porque ela mostra como existem pessoas boas no mundo.

E também mostra que, quando você está em apuros, gritar é bom, e ter um manual no porta-luvas é melhor ainda.

Esse sou eu virando um jovem adulto e dando lições de vida. Ah!

Com o meu escapamento reposicionado, dirigi rumo ao Mundo Real, ainda naquele clima nostálgico, ouvindo Beatles e chorando um pouquinho.

Não era um choro triste-triste.

Era um choro de despedida da minha juventude, misturado com alegria pelo meu futuro e com um friozinho na barriga. Tudo junto.

Toda vez que viajo por estradas da vida, rumo a uma nova experiência, sinto uma emoção gostosinha. Esse era o clima no Submarino Amarelo-Pálido quando, de repente, o trânsito parou.

Imagine um congestionamento monstro.

Desliguei o motor da Kombi. Havia vendedores ambulantes oferecendo água, pipoca cor-de-rosa e biscoito de polvilho.

Lembrei da minha mãe. Durante nossas viagens de férias ela sempre dizia:

— Vixe, se tem vendedor de biscoito de polvilho é porque trancou tudo.

Eu nunca entendi o que ela quis dizer com isso. Eu adoro biscoito de polvilho. Comprei um pacote.

Então lá estava eu, me empanturrando de biscoito de polvilho, ao som dos Beatles, quando, logo na minha frente, adivinha quem eu encontro???

OPÇÕES:

[ ] Minha alma gêmea
[ ] Os Beatles
[ ] A polícia rodoviária
[ ] Meu Consultor de Imagem, só que antes de ele virar meu Consultor de Imagem
[ ] A Prof. Mieko com o marido e os filhinhos
[ ] Meu irmão gêmeo que eu nem sabia que existia
[ ] O Papai Noel
[ ] O alemão que me ajudou com o escapamento

Momento suspense...

Resposta correta:

Beijo pra quem acertou! SMACK!

[x] O alemão que me ajudou com o escapamento

CAPÍTULO

O nascimento de
uma amizade de verdade

O alemão ergueu o braço, no gesto universal do "oi", e gritou pra mim:

— *Hallo*!

Como nesse momento o meu alemão já era nível iniciante, eu respondi:

— *Hallo*!

O alemão estava segurando uma garrafa de refrigerante cor de laranja. Ele apontou a garrafa pra mim e perguntou:

— *Wollen Sie*?

Eu estava morto de sede. Não entendi se ele estava me oferecendo o refrigerante, mas se fosse isso, eu queria!

Daí lembrei que eu já sabia responder *sim* em alemão.

Resolvi arriscar pra ver se dava certo.

Abri a boca e soltei um:

— *Ja*!

O alemão veio até mim e me entregou o refri.

Yes! Tinha dado certo.

Ou, melhor dizendo:

Ja! Tinha dado certo.

Bebi um golão. Quis agradecer, mas ainda não sabia dizer "obrigado" em alemão.

Só que eu sabia que uma boa maneira de agradecer é simplesmente retribuir. Então o que eu fiz?

Tchan-nan!

Apontei o saco de biscoito de polvilho pra ele e repeti o que ele tinha dito para mim:

— *Wollen Sie?*

Pra minha surpresa, ele respondeu:

— *Ja!*

E foi assim que, no meio de um congestionamento monstro, na minha primeira viagem rumo ao Mundo Real, comecei a me comunicar em alemão!

O congestionamento durou hooooooooooooooooooooooooooooooooooooooooooooooooooooooooooooooooras.

Tempo suficiente pra provocar grandes transformações na vida de uma pessoa.

Foi um desses pontos de virada na minha vida. Aquele congestionamento foi um ponto de virada pra mim.

Pra vocês não acharem que estou exagerando, fiz uma tabela da minha vida antes e depois do congestionamento.

> Eu sempre ando com um saco de biscoito de polvinho comigo. Já fiz muitos amigos assim. Todo mundo gosta.

> Nesse caso pode.

> Acho chique dizer "ponto de virada". Meu Consultor de Imagem vive falando em "pontos de virada".

MINHA VIDA

	ANTES DO CONGESTIONAMENTO	DEPOIS DO CONGESTIONAMENTO
Nome	Billy Pimpão	B.P.
Idade	18 anos, 3 meses e 15 dias	18 anos, 3 meses, 15 dias e 10 horas
Profissão	Inexistente	Assistente Técnico Júnior
Salário	Inexistente	Polpudo!
Planos pro futuro	Nenhum	Curar os problemas de insônia da população mundial Revolucionar a indústria de colchões Estudar física quântica pra entender melhor como funcionam as molas magnéticas

ATENÇÃO!

Nesse momento vou fazer um relato triste que envolve bullying, falta de educação e ignorância. Se você for do tipo sensível, faça uma pausa, pegue uma caixa de lenços de papel e volte preparado.

COMPLEMENTO À ATENÇÃO!!

Minha editora disse que todo livro tem partes tristes. Às vezes, durante essas passagens, alguns leitores choram. Alguns choram muito. Ela disse que isso não é um problema porque são choros saudáveis. Ela usou a palavra "terapêuticos".

Ela garantiu que será um choro pontual. Depois passa e a pessoa continua lendo.

Definição de Choro Pontual — Um choro que parece uma chuva de verão. Antes, o dia estava lindo. Então vem o choro, ou a chuva, e o sol volta a brilhar. O dia voltará a ser lindo e ninguém nem vai lembrar que chorou ou que choveu.

Dito isso, vamos em frente! Coragem, leitores!

Imaginem a cena.

Estou na minha Kombi, com meu saco de biscoitos de polvilho, tomando refri cor de laranja e me comunicando com meu quase novo amigo, quando os outros motoristas saem dos seus carros e vêm até nós.

— Pra quê? — você pergunta

— Pra olhar — eu respondo.

— Por quê? — você pergunta.

— Porque eles nunca tinham visto ninguém como eu antes.

— E o que eles fizeram? — você pergunta.

Acreditem se quiserem, mas depois que eles me viram, voltaram pros seus carros e chamaram o resto da família pra vir ver também.

Fiquei muito bravo.

De repente, tinha uma multidão em volta do meu Submarino Amarelo-Pálido com a cara grudada no vidro, apontando pra mim e cochichando uns com os outros.

Só que não parou aí.

Eles deram risadinhas.

Alguns cobriram a boca pra disfarçar. Outros, nem isso.

Eu avisei que esse é um livro sincerão.

Vou reproduzir algumas coisas que eles disseram só pra vocês terem uma ideia do que estou falando.

— Ai, que horror!

— É chifre aquilo na cabeça dele?

— Coitado...

— Filha, não fica olhando.

— Olha o dentão dele! O dente nem cabe dentro da boca.

— E esse monte de pelo?! Parece um cachorro.

— Não fala assim, filho. É feio.

— Ai, cruz credo.

— Posso pegar na orelha dele?

— Eu não sei como deixam gente assim dirigir. É um perigo.

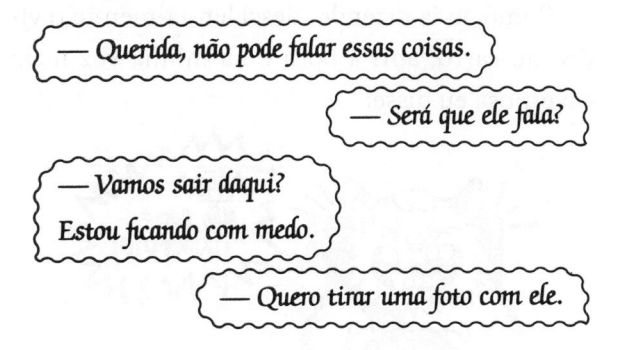

— Querida, não pode falar essas coisas.

— Será que ele fala?

— Vamos sair daqui? Estou ficando com medo.

— Quero tirar uma foto com ele.

Deu pra entender, né?

Aproveitando esse último comentário, gostaria de explicar uma coisa importante. A história que estou contando aconteceu num tempo em que telefones celulares ainda não tinham sido inventados. As pessoas não ficavam tirando foto o tempo todo, de qualquer coisinha. Ninguém tirava foto de pessoas desconhecidas sem pedir permissão antes. Era um mundo muito diferente. As fotos que a gente tirava tinham que ser reveladas em laboratórios fotográficos. Aposto que vocês nem sabem o que é isso.

Sim eu sou jurássica. Assumo.

Quando essa pessoa falou em tirar uma foto, foi a gota d'água pra mim.

Lentamente, eu desci o vidro da Kombi.

Nessa época também não tinham inventado os botõezinhos automáticos que descem o vidro do carro. Pra descer, você tinha que girar uma manivela dura. Então de-mo-ra-va pra descer um vidro.

Isso até que era bacana porque criava um suspense.

Como eu ia dizendo, desci len-ta-men-te o vidro do carro, abri a boca e na minha voz mais cavernosa eu disse:

A multidão ficou em choque. O homem que queria tirar uma foto da minha cara, mais que todos. Ele arregalou os olhos, apavorado, pensando sei lá eu o quê.

Eu acrescentei:

— **Nada de fotos! Caiam fora. Vão plantar batata.**

A multidão saiu fora rapidinho.

O alemão, sentado ao meu lado, soltou uma gargalhada.

Ele bateu com as mãos nos joelhos e disse:

— Boa, B.P.! É isso aí.

Ele também botou a cabeça pra fora da janela e gritou pra multidão:

— Vão catar coquinho!

Foi aí que eu descobri que ele falava português. Inclusive, sabia mandar os outros irem catar coquinho.

Achei aquilo engraçado. Enquanto a multidão corria desesperada de volta pros seus carros, nós dois ficamos ali, rachando de rir.

Ele só me chamava de B.P. Eu me sentia um espião internacional

Viu? Foi um relato triste de bullying, mas no final o sol voltou a brilhar. Pronto, podem guardar a caixa de lenços. E obrigado por continuarem aqui.

> Até o fim do livro talvez vocês precisem dela novamente.

MOMENTO DO ESTUDO CIENTÍFICO:

Uma vez eu li um estudo científico que explicava como nascem as amizades.

Achei interessante. Por isso vou reproduzir aqui, de um jeito resumido e mais fácil de entender.

Pessoas ficam amigas quando:
1. Passam tempo juntas participando das mesmas atividades;
2. Conseguem achar graça nas mesmas coisas;
3. Vivem situações de adrenalina juntas;
4. Trabalham juntas num projeto;
5. Fazem refeições juntas;
6. Convivem no mesmo espaço.

Foi o que aconteceu comigo e com o Gunther.

Ah, eu não tinha dito o nome dele antes? Então aqui está. Gunther era o nome do meu novo amigo.

Sim, sim, eu sei o que vocês devem estar pensando

Que não dava pra viver os 6 itens anteriores em apenas algumas horas de congestionamento. Vocês estão certos. Não vivemos tudo isso naquelas horas. Só algumas. As outras nós vivemos depois, e nossa amizade foi se fortalecendo.

Mas o mais importante é que nós demos muita risada juntos naquelas horas. Eu gostei do jeito do Gunther e ele gostou de mim. Eu gostei dele porque ele era sincero. Ele gostou de mim porque eu era eu.

Depois que a multidão voltou pros seus carros, Gunther teve uma conversa franca comigo. Ele disse coisas que nenhum amigo tinha me dito antes. Eu me senti muito adulto conversando com ele.

A PRIMEIRA CONVERSA DE ADULTO DA MINHA VIDA

— B.P, o que você conhece do mundo? — Gunther me perguntou.

— Nada — eu respondi.

— Impossível. Alguma coisa você conhece.

— É verdade. Eu conheço o vilarejo onde nasci. A escola onde estudei. A casa onde eu vivia com meus pais. A floresta onde minha mãe trabalhava. O parquinho. A praça. O mercado. Hã... Ah, e o pronto-socorro.

— E essa é a primeira vez que você sai sozinho do seu vilarejo?

Antes de responder, parei pra pensar. Por que ele estava me perguntando tudo aquilo?

Daí respondi:

— Sim, Gunther, essa é a primeira vez que saio sozinho. Por que você está me perguntando tudo isso?

— Porque eu percebi que você tem pouca experiência de vida.

Isso me deixou um pouco magoado e a conversa quase virou uma discussão.

— E qual o problema? — eu retruquei.

— Não tem problema nenhum. É só um fato. Não precisa ficar ofendido.

— Você está me chamando de ignorante?! — eu encrespei.

— De certo modo, estou sim — Gunther respondeu.

Fiquei sem reação. Na verdade, fiquei em dúvida se eu dava um soco no Gunther ou se eu xingava ele de volta. Só que eu não fiz nenhuma das duas coisas porque o **jeito** como ele disse foi tão tranquilo, sem ofensa nenhuma. Eu até achei que ele tinha se confundido com as palavras. Vai ver, em alemão "ignorante" significa outra coisa.

Mas o Gunther deve ter percebido tudo o que passava na minha cabeça porque daí ele disse:

— Ignorante é quem ainda não tem conhecimento sobre certas coisas. Só isso.

— Hum — eu respondi.

Entendem agora por que foi uma conversa de adultos? Porque eu continuei conversando, sem soco e sem xingamento, mesmo num momento em que o clima estava ficando tenso.

Gunther continuou:

— B.P, não sei se alguém já te disse isso antes, mas você é um cara bem diferentão.

— Sim, já disseram. Na escola os professores diziam isso o tempo todo. Eles diziam que temos que respeitar e aprender a valorizar as diferenças.

— Certo, certo. — Gunther abanou a mão, como se isso fosse papinho.

— Você está achando que é papinho, né? — eu disse.

Gunther respirou fundo. Parecia que ele estava procurando o melhor jeito de dizer o que queria dizer.

Eu aguardei.

Daí ele disse:

— Seus professores não estão errados, mas a coisa não é tão simples. No mundo real as pessoas vão ficar te encarando. Vão ficar reparando nos seus chifres, nos seus pelos coloridos, nos seus dentes avantajados e principalmente no seu...

Nessa parte, Gunther apontou pro meu rabo. Mas ele não usou a palavra "rabo". Só apontou.

Acho que ele quis ser elegante.

— E o que é que tem?! — eu disse, um grau mais emburrado.

— B.P! Aqui não é mais seu vilarejo. As pessoas nunca viram ninguém que nem você. Elas ficam apavoradas! Aposto que suas professoras não contaram essa parte.

— É verdade. Elas não tinham contado. Era uma Escola Acolhedora que só acolhia.

Eu olhei à minha volta. Todos estavam de volta aos seus carros, com os vidros fechados, fingindo que não estavam olhando.

— Sacou? — Gunther perguntou.

— É, eu respondi.

— B.P, você parece ser um cara bacana. Eu gostei de você. Vou te ajudar.

— Você já me ajudou, Gunther. Você consertou o escapamento da minha Kombi.

— Não. Eu vou te ajudar a lidar com o mundo real. Existem técnicas.

TÉCNICAS PRA LIDAR COM O MUNDO REAL
(ou coisas que não te ensinam na escola)

Gunther me disse coisas muito lindas nessa parte da nossa conversa. Elas me ajudaram bastante na minha vida. E, mesmo que vocês sejam diferentes de mim, acho que elas podem ajudar também.

> Corta o "acho". Tenho certeza de que essas técnicas ajudam! Leiam com atenção.

Todo herói tem um disfarce
No dia a dia, o Super-Homem não vai trabalhar de capa vermelha voadora. Ele veste um terno. Coloca óculos sem grau, fingindo que é de grau. Ele disfarça.

O Homem-Aranha também. Ele não chega na escola escalando paredes. Ele entra pela porta da frente, como qualquer aluno normal. Na hora de pegar um lanche, ele não lança uma teia. Ele pega o lanche com as mãos.

O que isso nos diz sobre esses dois heróis? Que eles têm vergonha de ser quem são de verdade? NÃO!

Isso apenas diz que eles sabem disfarçar pro próprio bem deles.

Boa educação também afasta gente

Se, mesmo com o seu disfarce, alguém continuar te encarando, ou rindo de você, ou perguntando se pode tirar uma foto da sua cara, diga a seguinte frase:

"Posso te ajudar com alguma coisa?"

Noventa e nove por cento das pessoas ficam constrangidas. Elas responderão "não, tudo bem" e depois te deixam em paz.

Comida faz milagres

Sempre que vocês estiverem numa situação em que as pessoas estão olhando estranho, ou com medo de vocês, ofereçam um petisco. Pode ser balas, chocolate, biscoitos, sanduíche, frutas. Ofereçam um pedaço, ou a fruta inteira. Algumas pessoas vão aceitar e talvez mudem de opinião a seu respeito. Elas vão te achar legal. (Por isso, capriche no petisco.)

Outras vão achar que o petisco está envenenado. Nesse caso, elas recusam e normalmente saem fora.

Nos dois casos você sai ganhando.

Então, assim, de repente, o congestionamento acabou. Os carros começaram a andar.

Gunther e eu estávamos no maior papo.

Gunther gritou:

— *Ja*! Está andando!

Ele girou a chave e ligou o motor.

Eu estendi a mão e me despedi rapidinho porque eu tinha que voltar pra minha Kombi que estava estacionada na faixa ao lado.

— Valeu, Gunther! Obrigado por tudo.

Corri pro meu Submarino Amarelo-Pálido e liguei o motor também.

Daí eu comecei a dirigir sentindo duas coisas ao mesmo tempo:

COISA UM — Alegria porque o congestionamento tinha acabado;

COISA DOIS — Tristeza porque eu nunca mais ia poder conversar com o Gunther.

Não sei se vocês já sentiram alegria e tristeza juntas. É estranho demais. Se alguém disser que [Mas é possível] não dá pra sentir alegria e tristeza ao mesmo tempo, não acredite. Diga que você leu a autobiografia do Billy Pimpão. Você agora entende que a vida é complexa mesmo.

Então vocês não vão acreditar no que aconteceu!

Acho que foi coisa do destino porque, poucos minutos depois, quando olhei pro lado, quem é que estava emparelhado comigo?

[ ] Meu Consultor de Imagem que eu ainda nem conhecia
[ ] O Homem-Aranha
[ ] O Prof. Asdrúbal
[ ] Minha alma gêmea
[ ] A polícia
[ ] Gunther

Ops! E agora? Como vou fazer para te entregar seu saco de biscoito de polvilho?

Se você escolheu Gunther, tchan-nan! Adivinhou! Isso prova que você é um leitor ou uma leitora perspicaz. Parabéns.

Gunther baixou o vidro do seu carro e gritou:

— Ei, B.P, quer trabalhar comigo?!

Eu respondi, sempre olhando pra frente, sem tirar os olhos da pista.

— *Ja! Ja!*

Daí eu troquei de marcha, desacelerei um pouco e perguntei.

— Fazendo o quê?

Gunther também deve ter trocado de marcha porque ele ficou na mesma velocidade que eu.

— Vendendo colchões!

— Tudo bem! — eu respondi.

Daí eu pensei melhor e cinco segundos depois eu gritei:

— Qual é o salário?

Gunther gritou de volta, no meio da rodovia:

— É bom! Salário polpudo!

— Tá boooom! — eu gritei de volta.

Gente, como eu era ingênuo!

Mas nesse momento nós entramos num túnel. Não dava pra ficar discutindo proposta de emprego dentro do túnel.

Tivemos que chegar até o fim do túnel.

Ao final, eu vi uma luz.

Gunther continuava dirigindo emparelhado comigo.

Eu perguntei, assim que passamos pro outro lado:

Na verdade, eu gritei.

— O que eu tenho que fazeeeeer?

Ele gritou de volta:

— Me segueeeeee!!!

Antes de terminar esse capítulo eu só gostaria de lembrá-los, novamente, que tudo isso aconteceu antes da invenção do celular. Por isso é que a gente ficou gritando feito dois malucos no meio da rodovia. Vocês não viveram esse tempo então devem estar achando tudo muito doido. Mas foi assim mesmo que aconteceu.

CAPÍTULO

Meu primeiro emprego
OU
O começo do fim

Eu sei o que vocês estão pensando:

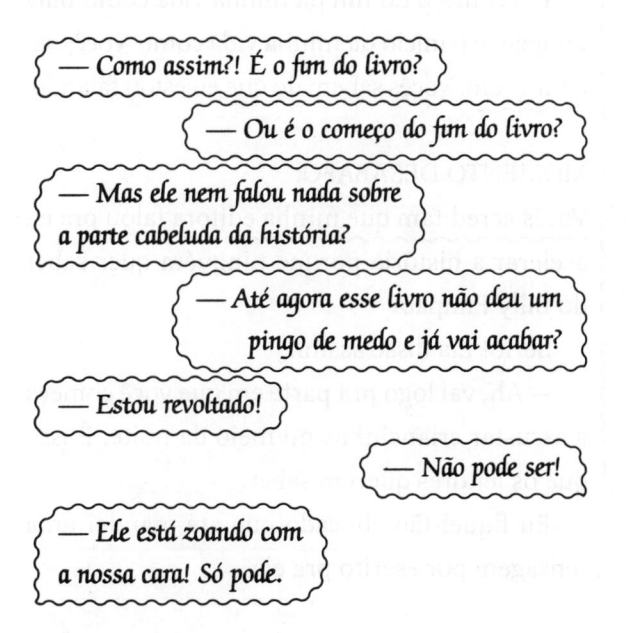

— Como assim?! É o fim do livro?

— Ou é o começo do fim do livro?

— Mas ele nem falou nada sobre a parte cabeluda da história?

— Até agora esse livro não deu um pingo de medo e já vai acabar?

— Estou revoltado!

— Não pode ser!

— Ele está zoando com a nossa cara! Só pode.

Atenção, se você é um possível leitor revoltado, caaaaaaaaalma.

Esse não é o começo do fim do livro. Esse é o começo do fim da minha vida.

> — *Ah, não!*

> — *Ele vai morrer?*

> — *Como assim, o começo do fim da vida? Ele pegou uma doença?*

> — Credo!

> — *Coitado!*

> *Eu sei que vocês estavam doidos pra eu che-gar logo nessa parte. Agora, se preparem! Fortes emoções pela frente.*

Também não é isso.

É o começo do fim da minha vida como Billy Pimpão, e o início da minha vida como vocês sabem quem. Vocês sabem do que eu estou falando.

MOMENTO DESABAFO:

> *Não é à toa que ela se chama Sra. Machado. Se a gente enrola muita, ela dá umas machada-das no texto da gente.*

Vocês acreditam que minha editora falou pra eu acelerar a história porque ninguém quer saber do Billy Pimpão?

Sério! Ela disse assim:

— Ah, vai logo pra parte em que você começa a assustar criancinhas no meio da noite. É isso que os leitores querem saber.

Eu fiquei tão chocado que até mandei uma mensagem por escrito pra ela.

Escrevi assim:

Desculpa, Excelentíssima Querida Senhora Editora, mas acho que a senhora está enganada. Meus leitores são pessoas sensíveis que querem conhecer a minha história verdadeira com toda a calma e tranquilidade. Eles terão paciência pra ler sobre como era minha vida antes do incidente disparador.

Cordialmente seu,
B.P.

A Sra. Machado respondeu assim:

"Senhor B.P., com todo o respeito, de leitores eu entendo. Eles querem sangue."

Isso me deixou de cabelo em pé. Eu respondi isso:

"Como assim???!!! O que a senhora quer dizer com isso? Se eles querem sangue, deviam ter comprado um livro de vampiro."

Ela respondeu isso:

"Perdão, Senhor B.P., foi uma força de expressão. O que eu quis dizer é que eles querem saber de onde veio a sua má reputação. No fundo, no fundo, eles querem saber se quando forem dormir, hoje à noite, estarão seguros. Eles querem que o senhor lhes traga uma palavra de conforto."

Isso me acalmou um pouco, e eu respondi calmamente:

"Tudo bem. Acho que o que a senhora quis dizer é que no fundo, no fundo, eles querem perder o medo de mim. Eu também quero isso."

Ela respondeu com uma linha.

"Perfeito. É o que todos nós queremos."

VOLTANDO A
O começo do fim

Essa expressão já deu tanta confusão que vou simplesmente contar pra vocês o que aconteceu. Daí vocês vão entender por que foi o começo do fim.

O que aconteceu foi que eu aceitei a proposta de emprego do Gunther. Virei Assistente Técnico Jr. dos Colchões Sono Profundo. Minha função era instalar colchões.

Com toda a responsabilidade que isso requer.

COLCHÕES SONO PROFUNDO

Durma como uma pedra!
Tecnologia inovadora
de molas magnéticas que simulam
o fluxo natural da Terra.

Depoimento de clientes:

"Com esse colchão eu durmo feito uma pedra."
Maria das Dores dos Santos,
mãe de 5 crianças, empresária, ativista,
líder comunitária e maratonista.

*"Meus problemas de insônia acabaram.
Agora sou uma fonte de energia."*
Robson Rodrigues, intérprete, compositor,
produtor, iluminador, promotor, contador,
motorista, maquiador e figurinista.

*"Eu achava que era propaganda enganosa.
Mas senti os efeitos e posso afirmar. Hoje sou
um novo homem graças a essas magníficas
molas magnéticas."*
Túlio Modesto, atleta olímpico, neurocientista,
empresário e palestrante.

Solicite já o seu!
Benefícios comprovados!
Garantia de 20 anos!

A empresa Colchões Sono Profundo foi um caso de sucesso mundial. Começamos no Brasil, mas depois de um ano já estávamos atendendo lares na Argentina, Chile e Bolívia.

Após dois anos, expandimos nosso negócio pra toda a América Latina.

Após três anos, tínhamos representantes na Espanha, Itália, Estônia, Polônia, Escócia, Eslováquia e Armênia.

Após quatro anos, tínhamos colchões espalhados por lugares como Estados Unidos, Canadá, Japão, Nepal, Tunísia, Madagascar e boa parte da Polinésia.

Após cinco anos eu não lembrava mais de cabeça.

> Eu precisava abrir o mapa e ver onde tinha estrelinhas coladas.

A revista "Carreiras, Negócios, Bicos e Calotes" fez uma matéria comigo nessa época.

Vou reproduzir aqui pra vocês conferirem.

> Rá! Aposto que por essa vocês não esperavam! Mas, sim, eu tive uma carreira de sucesso. Eu até usava terno.

REVISTA CNBeC: O senhor começou sua carreira como Assistente Técnico Jr. e hoje, após quatro anos na empresa, é o Técnico Top Absoluto da Sono Profundo. Qual o segredo dessa trajetória astronômica?

RESPOSTA: Como vocês sabem, na Colchões Sono Profundo nós fazemos um alinhamento entre as molas do colchão que será instalado na sua cama e o movimento do planeta em que moramos. Isso significa que fica tudo alinhadinho. Com tudo alinhadinho as coisas fluem melhor. Esse é o nosso segredo. É muito simples, na verdade. Nem chega a ser um segredo. É apenas uma questão de bom senso.

REVISTA CNBeC: Dizem que ainda hoje o senhor gosta de acompanhar a instalação de cada colchão, mesmo que tenha de viajar para cinco países diferentes a cada semana. Como o senhor consegue?

RESPOSTA: Eu durmo bem. Em todos os países que visito, só me hospedo em hotéis que oferecem colchões da Sono Profundo. Isso garante uma excelente noite de sono. Eu acordo energizado e pronto para o serviço. Não sinto cansaço nenhum. Viajar para cinco países diferentes toda semana é muito tranquilo quando estamos energizados e sem dor no corpo. É o meu caso.

> Claro que eu não sentia cansaço. Eu era jovenzinho! Quero ver esses colchões fazerem efeito hoje em dia! Ah se quero...

REVISTA CNBeC: Como as molas magnéticas funcionam?

RESPOSTA: Elas são calibradas de acordo com o peso e a altura do dormente, levando em consideração a movimentação das placas tectônicas da região em que o colchão será instalado. É um ajuste muito sutil. Caso o dormente engorde ou cresça, é preciso fazer um ajuste das molas.

REVISTA CNBeC: Por "dormente" o senhor quer dizer a pessoa que dorme no colchão?

RESPOSTA: Correto.

REVISTA CNBeC: Então, no caso de crianças em fase de crescimento, a empresa envia técnicos a cada quantos meses para calibrar as molas do colchão?

RESPOSTA: O ideal é que a cada quatro meses seja feito um ajuste. No caso de mulheres grávidas, a cada dois meses precisamos ajustar também, conforme o bebê vai ganhando peso e exigindo mais do colchão.

REVISTA CNBeC: É realmente um trabalho muito sofisticado. O senhor teve que estudar muito para aprender a calibrar molas magnéticas? Que dica o senhor daria para uma pessoa que deseja trabalhar com isso?

RESPOSTA: Tive que estudar um pouco de Geografia Planetária, Medicina Óssea, Engenharia de Molas, Psicologia do Sono e Astronomia. Depois fiz uma especialização em Sonhos e Pesadelos. No momento estou estudando o Subconsciente Adormecido. A melhor dica que posso dar, para alguém que queira instalar colchões, é que a pessoa entenda que durante as nossas horas de sono muitas coisas acontecem. Coisas que não vemos e nem imaginamos, pois estamos adormecidos. Você já parou para pensar que, todas as noites, em todas as partes do mundo, as pessoas vão para cama e dormem feito bebezinhos? Não importa se é um general, um professor de educação física, um delegado, um criminoso. Todos vão dormir um soninho gostoso. É o momento em que as pessoas estão em paz, relaxadas, sonhando com sabe-se lá o quê. Igualzinho aos bebês. Acho bonito lembrar disso. Se a pessoa tiver uma boa noite de sono, talvez no dia seguinte ela acorde melhor e resolva ser uma pessoa melhor.

REVISTA CNBeC: Dá para perceber que o senhor realmente acredita no que faz. Talvez esse seja o grande segredo por trás do sucesso da empresa. Bem, muito obrigado pela entrevista e parabéns.

RESPOSTA: Obrigado e boa noite.

O incidente disparador

Chegamos ao momento do livro em que as coisas começam a ficar sombrias.

Se até aqui vocês estavam felizes com a minha história, comemorando minhas conquistas e se divertindo com minhas aventuras, sinto dizer que essa parte acabou.

Spoiler – vai ter final feliz! (Mas depois melhora, eu prometo)

O INCIDENTE DISPARADOR:

Aconteceu em Dallas, nos Estados Unidos.

Era a minha trimilésimaquinquagésima sé-tima nona instalação de colchão. Em todas as instalações anteriores, eu nunca tive problemas. Mas nessa eu tive. Depois, minha vida nunca mais foi a mesma.

Número aproximado.

Foi assim:

O dormente era Spencer Birtwistle.

Não gosto nem de lembrar.

Ele estava em fase de crescimento. Ti-nha 14 anos, 3 meses e quinze dias. Pelas regras da Sono Profundo, a cada quatro meses nós deveríamos calibrar as molas magnéticas pra adequar o colchão às novas necessidades do garoto. Mas o Sr. e a Sra. Birtwistle achavam que Spencer precisava de um atendimento mais personalizado. Exigiram que as molas fossem calibradas todos os meses pra que Spencer tivesse a melhor qua-lidade de sono possível.

Muito mimado esse Spencer Birtwistle!

Era uma política da Sono Profundo fazer esse tipo de serviço enquanto os dormentes esta-vam acordados, naturalmente.

Fui até a residência da família Birtwistle no horário em que Spencer estava na escola.

Quem me recebeu foi o mordomo.

Ele me acompanhou até o quarto do Spencer. Disse que não era pra tocar em nada exceto as molas do colchão.

— Spencer não gosta que mexam em suas coisas — o mordomo repetiu mais duas vezes.

— Ok — eu respondi.

— Spencer é um menino muito metódico — ele acrescentou.

— Ok — eu respondi de novo.

— Bom trabalho — disse o mordomo.

Eu nunca tinha visto um quarto tão arrumado na minha vida. Não dava pra acreditar que era quarto de adolescente. Mais parecia um escritório de adulto com uma cama de solteiro.

Só que eu não fiquei olhando muito. Lugares arrumados demais me dão faniquito.

Eu me enfiei debaixo da cama, com o meu equipamento de trabalho.

O mordomo já tinha me passado as informações de que eu precisava, que era a altura e o peso do Spencer naquele mês. Eu estava quase no meio do serviço quando ouvi um barulho.

A janela do quarto estava sendo aberta de fora pra dentro.

Hã?!

Era um assalto?

Eu me encolhi, debaixo da cama, e fiquei observando.

Vi quando uma pessoa entrou pela janela. Era jovem. Devia ter uns 14 anos no máximo e usava um terno!

Assaltante de terno?

Reparando melhor, vi que tinha um brasão no paletó do terno. Também notei que o jovem carregava uma mochila, com o mesmo brasão.

Não tive dúvidas. Aquele era o tal do Spencer Birtwistle em pessoa.

Cabulando aula?!

Muito bonito, hein...?

As pernas do Spencer se aproximando da cama. Em seguida, eu vi dois pés de sapatos sendo arremessados para longe.

> Ele tinha um chulé fedorento

Em seguida, sons de ronco.

Spencer Birtwistle estava cabulando aula pra ficar em casa dormindo?!

Coisas que passaram pela minha cabeça nessa hora:

1. Coitado do Spencer. Deve estar cansado.
2. Coitado nada. Não é certo cabular aula e entrar escondido em casa.
3. A vida do Spencer não deve ser mole. Aposto que ele é desses jovens que têm a agenda cheia, sem um minuto de descanso. Deve ter aulas de francês, alemão, mandarim, equitação, esgrima, piano, violino, canso só de pensar.
4. Mas eu não tenho nada a ver com a rotina do Spencer! Eu só preciso sair daqui.
5. Aconteça o que acontecer, eu não posso assustar o Spencer.

Esperei, esperei e espereeeeeeeeeeeeeeeeeeeeeeeeeei.

Uma hora o Spencer ia ter de acordar e sair do quarto.

Mas começou a ficar tarde e ele não acordava!

Então eu não tive outra alternativa.

Enfim...

Essa história ficou muito famosa e todo mundo sabe como acabou. Eu até pensei em terminar o meu relato aqui porque ter que contar tudo de novo é muito difícil pra mim. E todo mundo já sabe o final.

> Vocês sabem, né? Por favor, digam que sim!

NOTA DA EDITORA

Minha editora foi expressamente contra a minha decisão de interromper a história aqui.

Ela disse que depois desse incidente disparador passaram-se muitos anos. Décadas, na verdade. Ela disse que os leitores atuais não sabem o que aconteceu. Não sabem os detalhes. Inclusive, ela disse que foi por isso que vocês compraram esse livro.

Ela disse que mesmo que seja difícil e dolorido pra mim, eu vou ter que contar.

No fim da nota ela escreveu: "*Desculpa, Billy, mas você vai ter que contar com todas as palavras!*"

MOMENTO TOMANDO CORAGEM
PRA SEGUIR CONTANDO

> Com todas as palavras.

Pronto, vou contar.

Vai ser difícil, vai ser triste, mas eu consigo!

Voltando à casa da família Birtwistle, em Dallas...

Após calibrar a última mola do colchão, eu aguardei um tempão pra ver se o Spencer acordava. Mas, nada!

Ele dormia feito uma pedra.

Não dava mais pra esperar o belezura acordar.

Tomando o máximo de cuidado pra não assustar o Spencer, fui saindo de baixo da sua cama.

Só que eu bati a cabeça sem querer e meu boné caiu do chão.

Doeu tanto que eu gemi de dor.

Disse um: Ouch!

Ouch é o "ai, ai" em inglês.

Esse foi meu erro.

Spencer acordou.

Ele pulou da cama.

Só que eu já estava com metade do corpo pra fora da cama.

Spencer viu meus chifres!

E daí ele berrou:

— *Jeeves*!!!!!

Jeeves era o nome do mordomo.

Dei um sorrisinho e tentei me explicar. Na verdade eu me desculpei. Disse que eu era funcionário da Sono Profundo, e expliquei um pouco sobre as molas magnéticas, mas Spencer não estava interessado nas minhas explicações.

Ele gritou mais alto.

E acrescentou:

Em inglês pode.

— *A MONSTER*!!!

PAUSA EXPLICATIVA NECESSÁRIA

(porque eu sei o que vocês estão pensando)

PENSAMENTO DOS LEITORES:

— Essa historinha está muito mal contada.

— Como é que Billy entrava na casa das pessoas e elas não reparavam que ele era uma pessoa não humana?

— Como é que, durante anos e anos, em toda parte do mundo, ele passou batido?

— Elas não ficavam com medo dele?

EXPLICAÇÃO DE QUEM VIVEU TUDO ISSO NA PELE:

Primeiramente, quero agradecer pelo questionamento. Isso apenas prova que vocês são leitores atentos com pensamento crítico. Gosto de leitores assim.

Meus leitores são os melhores! Adoooro vocês.

E, sim, tenho respostas pra todas essas perguntas.

Vamos por partes.

1) Se meus clientes reparavam que eu era uma pessoa não humana?

Se vocês se lembram, no capítulo em que eu conto sobre o início da minha amizade com Gunther, ele me ensinou algumas TÉCNICAS PRA LIDAR COM O MUNDO REAL.

A primeira delas era: **Todo herói tem um disfarce**

Isso significa que eu usava disfarces pra ir trabalhar.

O boné servia pra esconder meus chifres.

O macacão do uniforme, pra esconder meu rabo.

As luvas de couro, pra esconder minhas garras.

Com boné, macacão e luvas, eu disfarçava o grosso.

2) Se eu passava batido?

Logicamente que não. Mesmo com boné, macacão e luvas, as pessoas reparavam em mim. Elas percebiam que eu era um pouco diferente.

Gunther mandou fazer um boné especial pro meu tipo de cabeça.

Mas daí eu aplicava a Técnica Número Dois: **Boa educação também afasta gente.**

Se a pessoa ficava reparando demais em mim, eu perguntava:

"Posso lhe ajudar com alguma coisa?"

Daí, rapidinho as pessoas lembravam que eu estava na casa delas pra ajudar na instalação do colchão Sono Profundo que ia ser a solução pros seus problemas de insônia pra sempre. Elas ficavam tão felizes de lembrar que iam começar a dormir profundamente que nem implicavam com a minha aparência.

3) Se elas ficavam com medo de mim?

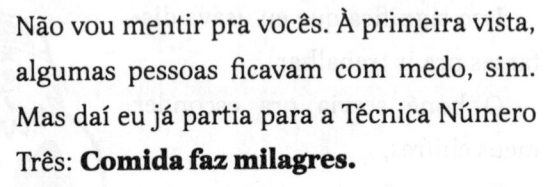

Não vou mentir pra vocês. À primeira vista, algumas pessoas ficavam com medo, sim. Mas daí eu já partia para a Técnica Número Três: **Comida faz milagres.**

Eu sempre levava um saco de guloseimas comigo. Tinha pirulito, bala, chocolate, chiclete, paçoca, pé de moleque, bananinha, marshmallow, pipoca doce, fora as guloseimas locais.

Eu sempre estourava os pontos da dieta. Minha sorte é que eu não seguia dieta nenhuma.

Eu oferecia como brindes.

Eu chegava assobiando nas casas e, durante todo o tempo, enquanto estava instalando os colchões, ficava cantava baixinho. Dizia um monte de "por favor", "obrigado", "com licença", "desculpa incomodar", "bom-dia", "boa-tarde", "às ordens", "o prazer foi meu", "até breve", em todos os idiomas que você puder imaginar. Eu era um excelente profissional.

VOLTANDO AO EPISÓDIO FATÍDICO
NA RESIDÊNCIA DA FAMÍLIA BIRTWISTLE...

Desculpa!

Por favor

Oiê!

Com Spencer Birtwistle não teve "sorry", nem "please", nem "hello" que o acalmasse.

Ele berrou sem parar até que o mordomo chegasse pra ver o que estava acontecendo.

Claro que fui rápido e coloquei o boné de volta pra disfarçar os chifres.

Quando o mordomo Jeeves entrou no quarto, Spencer só gritava:

— *MONSTER!* — E apontava pra mim.

Tive que me explicar, de novo...

Mas o Jeeves, em vez de me ouvir, chamou a polícia.

Eu nunca vi polícia chegando tão rápido. Em menos de cinco minutos tinha dois policiais no quarto.

E o Spencer gritando feito um maluco.

Foi horrível.

Pelo menos os policiais me ouviram. Expliquei que eu era funcionário da Sono Profundo e estava ali pra calibrar as molas magnéticas.

Eles disseram que tudo bem. Perguntaram se eu já tinha terminado o serviço.

— Yes — eu respondi.

Peguei minhas ferramentas e me retirei, acompanhado dos policiais.

Spencer gritava que havia chifres na minha cabeça.

Ele queria provar o que tinha visto.

Ele queria que eu tirasse o boné.

Mas os policiais nem deram bola pro Spencer. Acho que não era a primeira vez que ele chamava a polícia pra resolver alguma questão.

Foi uma situação muito constrangedora. Daqueles momentos na vida em que temos de tomar uma decisão importante.

Eu não sou bobo. Nessa época eu já entendia como as pessoas pensam.

Spencer, você está lendo esse livro também? Espero que você tenha crescido e virado um adulto mais calminho.

Aposto que essa palavrinha vocês conhecem.

Eu fiz um balanço da situação.

TIRAR O BONÉ	NÃO TIRAR O BONÉ
Spencer ficaria satisfeito	Spencer ficaria revoltado
Chifres seriam revelados	Chifres ficariam escondidos
Jeeves e a polícia ficariam assustados	Jeeves e a polícia não ficariam assustados. E a última coisa que nós precisávamos naquele dia era de mais gente assustada
Spencer teria a prova de que ele estava dizendo a verdade	Spencer não ia conseguir provar nada.

Pensei no meu futuro.

Pensei no meu emprego.

Pensei nos meus pais.

Pensei na reputação da Colchões Sono Profundo.

Pensei nos ensinamentos dos meus professores da escola.

Pensei nos meus colegas não humanos.

Pensei no Spencer.

Pensei no mordomo Jeeves.

Pensei na polícia.

Pensei em todas as crianças que dormiam nos colchões da Sono Profundo em Dallas, no Canadá, no Nepal, na Tunísia, em Madagascar, em boa parte da Polinésia, na Espanha, na Itália, na Estônia, na Polônia, na Escócia, na Eslováquia, no Egito, na Armênia, no Brasil, na Argentina, no Chile e na Bolívia, e decidi:

Foi a melhor decisão.

NÃO TIREI O BONÉ.

Essa decisão teve consequências:

1. Spencer Birtwistle ficou revoltado.
2. Eu peguei meu equipamento e fui embora muito chateado com aquele escândalo todo.
3. O policial disse pra eu relaxar. Eu não tinha feito nada de errado.

Eu tremia de nervoso.

CAPÍTULO

O dia seguinte

Acordei, me espreguicei, escovei e afiei meus dentes, tomei um bom banho e penteei minha cabeleira.

Estava sol. Um dia bonito.

Vesti meu uniforme de trabalho e desci pro restaurante do hotel, pra tomar o café da manhã.

Mas antes que eu chegasse ao suco de laranja um funcionário do hotel me interpelou.

> Desde o começo do livro eu estava querendo usar essa palavra. Acho muito adulta.

Ele falou baixinho, estilo discreto e preocupado.

— Senhor B.P., tenho um recado pro senhor na recepção do hotel.

Ele olhou bem nos meus olhos e acrescentou:

— É urgente.

Pediu que eu o acompanhasse, por gentileza.

Foi tudo muito educado, mas na hora eu lembrei do Spencer Birtwistle e meu sangue gelou.

Não sei se vocês já sentiram isso, mas antes mesmo de receber a notícia, parecia que eu já sabia que algo muito sério estava acontecendo.

O RECADO NA RECEPÇÃO DO HOTEL:

B.P.,
NÃO SAIA DO HOTEL!
NÃO VÁ TRABALHAR HOJE!
VOLTE PARA O SEU QUARTO
IMEDIATAMENTE!

Ver a assinatura do Gunther me deixou preocupado. Chamei o elevador e voltei pro meu quarto.

Sem nem um cafezinho. Nem um suco de laranja. Nem um cookie. Nem um milk-shake. Nem um bolinho de banana com cobertura de chocolate. Nem um ovo mexido com bacon e salsichas apetitosas, gordas e suculentas. Nada. Nadica. Nada-nada-de-nada.

No quarto, sentado na cama, reli o bilhete pra ver se eu encontrava uma mensagem secreta nas entrelinhas.

Li.

Reli

Trili.

Li baixo.

Li em voz alta.

Li do começo pro fim.

Li do fim pro começo.

Até que achei a mensagem nas entrelinhas!

Gunther queria que eu ficasse invisível.

Então o que eu fiz???

Fechei as cortinas da janela. Assim ninguém, ninguém ia me ver. Se essa fosse uma história mágica, Gunther teria me mandado um manto de invisibilidade e tchan! Final feliz. Mas esse é um livro de realidade nua e crua.

Eu só não entendia uma coisa.

Por que Gunther queria que eu ficasse invisível?

Sem ter o que fazer, trancado naquele quarto de hotel sem graça, liguei a televisão.

Não tinha nada de bom passando nos sete canais disponíveis.

Essas eram as opções:

1. Um campeonato de golfe.
2. Um filme policial pela metade.
3. Um programa de culinária.

4. O canal da previsão do tempo.
5. Um documentário sobre mitocôndrias.
6. Uma sessão do Congresso.

7. O noticiário local.

114

Fiquei zapeando de canal em canal, quase morto de tédio, quando uma palavra do canal de notícias locais chamou minha atenção.

Porém a palavra foi justamente aquela que eu disse que não usaria nesse livro. Se vocês não lembram dessa parte, voltem na página 8.

Lembraram?

Vou reproduzir o que a matéria dizia.

Talvez essa seja a parte mais difícil desse livro. Pra mim, pelo menos.

Minha editora sugeriu que eu apenas conte o que ouvi na TV naquele dia, e que vocês, leitores, tirem suas próprias conclusões.

Então aqui vai:

"Nessa madrugada, na rua Dory, uma família viveu momentos de terror quando uma criatura monstruosa de chifres, dentes afiados e garras saiu de baixo da cama do filho do casal e tentou atacá-lo."

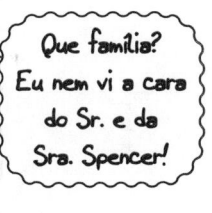

A reportagem mostrava imagens da mansão da família Birtwistle. Um repórter andava pela calçada, em frente ao portão de entrada, com uma cara preocupada.

"A família ainda se encontra em estado de choque. Aparentemente, ninguém foi ferido, mas os danos psicológicos são incalculáveis."

A cena seguinte era no estúdio do programa de notícias. Uma jornalista loira, muito bonita, ficou olhando pra câmera por alguns segundos, e então deu um sorrisinho do tipo profissional.

"Obrigado, Jeff. Por favor, nos mantenha informados caso cheguem novas informações."

Em seguida ela se virou pra uma outra mulher, mais velha, que estava sentada ao seu lado no balcão do estúdio.

Entrou uma legenda que dizia:

"Dra. Sue Smith, psicóloga, psiquiatra, psicoterapeuta, psicanalista, psíquica."

A jornalista continuou, dessa vez olhando pra Dra. Sue Smith.

— Dra. Smith, quais são as recomendações nesse tipo de situação? Qual é a sua opinião profissional?

Antes de responder, a Dra. Sue Smith tirou os óculos e esfregou os olhos. Botou os óculos de volta e disse:

> Ela tinha uma cara séria de gente que pensa antes de falar.

— Estudos mostram que crianças têm uma imaginação muito rica, a ponto de acreditarem enxergar formas, seres e afins que você e eu não enxergamos. É o que chamamos de projeções imagéticas pueris involuntárias do inconsciente. Ao mesmo tempo, não podemos esquecer que estamos lidando com um córtex pré-frontal imaturo que leva a oscilações de humor, e um comprometimento do julgamento moral.

HÃ?!!! Eu não entendi nada.

Acho que a jornalista também não. Ela só ficou olhando pra cara da Dra. Sue Smith, aguardando.

> Se vocês também não entenderam, tudo bem. Não perderam nada.

Mas como a Dra. Sue não falou mais nada, ela também não perguntou mais nada e a entrevista terminou desse jeito, sem ninguém entender bulhufas.

A única coisa que eu entendi foi que elas estavam falando de mim!

E nesse ponto eu tive um treco.

ELAS ESTAVAM FALANDO DE MIM!

Se vocês estão se perguntando o que eu fiz depois disso, eu digo.

Eu me encolhi naquela cama de hotel.

Até hoje eu faço isso quando fico chateado com alguma coisa.

Puxei o cobertor e fiz uma cabaninha.

Desliguei a televisão.

Deitei de lado feito um tatu-bola.

Lembrei da minha melhor memória de infância e me concentrei só nisso.

MINHA MELHOR MEMÓRIA DE INFÂNCIA

E a sua qual é?

É noite de Natal.

Estou em casa, com papai e mamãe.

Estamos olhando o céu estrelado pela janela, e minha mãe está fazendo um cafuné na minha cabeleira. Ela me conta a história do Papai Noel.

Então meu pai se lembra de uma coisa. Ele precisa dar um pulinho na casa do vizinho pra pegar a chave de fenda que ficou lá.

Como eu sou muito pequeno, nem acho estranho. E também, estou gostando da história de um velhinho que voa com renas e mora no Polo Norte.

Daí, no meio da história, ali, na janela da nossa casa, surge um homem vestido de vermelho com um saco nas costas. Eu quase morro de susto, mas minha mãe reage como se o homem fosse um velho amigo da família.

Fico um pouco desconfiado, achando que ele é bem parecido com o Papai Noel.

E, batata! Minha mãe confirma.

Ela diz que aquele **É** o Papai Noel em pessoa. Tanto que ele me dá um presente!

Fico meio sem reação. É tudo muito chocante.

E do mesmo modo como o tal Papai Noel apareceu na janela, ele desaparece.

Minutos depois, meu pai volta segurando uma chave de fenda, assobiando, todo descontraído.

Eu corro pra ele e começo a contar tudo o que aconteceu enquanto ele estava na casa do vizinho. Fico inconformado que ele perdeu o grande acontecimento.

Então a gente abre o presente juntos e é um trenzinho elétrico que corre num trilho e apita!

Esse brinquedo não estava na lista da pg 15 porque ele é mais que um brinquedo. Ele foi um minimeio de transporte para todos os meus amigos imaginários. Especial demais.

CAPÍTULO

Voltando à vida real
ou
Alguém chame o Papai Noel!
ou
Quero voltar a ser criança!
ou
Cadê a minha mãe?!!!

A partir dessa notícia na TV tudo aconteceu muito rápido. Naquela mesma manhã saíram mais três reportagens de outras famílias dizendo que passaram pela mesma situação dos Birtwistle. Uma na Flórida, uma na Califórnia e a terceira no Cairo.

No Cairo?!!!

Como assim?!!!

MOMENTO CAIRO PRA INICIANTES

Cairo, como vocês sabem, é a capital do Egito.

Uma cidade muito bonita. Parece um conto de fadas com direito a tapetes voadores e gênios da lâmpada.

Em Cairo, sempre que eu abria uma garrafa de água, antes eu fazia um pedido silencioso pra que nenhum gênio azul, de turbante, saísse e me concedesse três pedidos.

> Hoje eu sei. Tenho uma lista de umas 57 coisas ou mais que eu poderia pedir num piscar de olhos.

Por quê?

Porque eu não ia saber o que pedir.

Ironicamente, esse pedido foi atendido.

Por mais que eu abrisse garrafinhas d'água, nunca saiu nenhum gênio de garrafinha nenhuma.

BREVE EXERCÍCIO DE IMAGINAÇÃO

GÊNIO DA LÂMPADA:

Salve, mestre Billy Pimpão! Aqui estou, às suas ordens. Você tem direito a três pedidos.

EU:

Ueba! Pedido número 1. Me leva de volta pra casa da minha mãe e do meu pai? É que eu não quero mais ser adulto. É muito complicado. Não gostei da experiência. Não é pra mim.

> Vocês sabem o que vocês pediriam? É sempre bom ter três desejos anotados a todo momento. A gente nunca sabe quando vai aparecer um gênio da lâmpada na nossa vida.

121

GÊNIO DA LÂMPADA:

Claro, mestre. Deseja voltar pra alguma idade específica? Você sabe que quanto mais específico o desejo, melhor o resultado.

EU:

Oito anos de idade. Pode ser no dia do meu aniversário. De sete pra oito. Não de oito pra nove. De sete pra oito. Pode ser bem naquele momento em que começaram a chegar os primeiros convidados da minha festinha. Quando eu abri a porta e chegaram meus três melhores amigos ao mesmo tempo. Essa hora foi muito legal.

GÊNIO DA LÂMPADA:

Registrado. E o segundo pedido?

EU:

Sim, o segundo é pra você apagar a minha imagem da memória de todas as mentes de todos os clientes da Colchões Sono Profundo, em todas as partes do planeta.

GÊNIO DA LÂMPADA:

Registrado. Esse é simples. E o terceiro?

EU:

Que você tire do ar as reportagens em que eu apareço, apagar dos satélites, das câmeras, de tudo. Limpa tudo. Tipo varinha mágica, sabe?

GÊNIO DA LÂMPADA:

Bem, eu não trabalho com varinhas mágicas, mas deu pra entender. Nada contra varinhas mágicas, só que não combina comigo. Sou do tipo que cruza os braços e inclina a cabeça pra frente. Se você não se importar, vou apagar tudo com um movimento de cabeça. Mas o resultado é o mesmo.

EU:

Por mim, tudo bem. Obrigado, viu? O senhor é o máximo. Valeu mesmo. Se algum dia o senhor precisar de ajuda com alguma coisa, pode me ligar.

Daí o Gênio faria os três movimentos de cabeça, um pra cada desejo, e PLIM! Tudo estaria resolvido. Final feliz.

> Até hoje eu nunca encontrei um gênio da lâmpada. Mas ainda não perdi as esperanças. Tenho certeza de que eles existem. Certeza!

SÓ QUE ESSE NÃO É O FINAL FELIZ
(ainda)

CAPÍTULO

O efeito Cairo

Vocês já observaram como o milho se comporta numa panela de fazer pipocas?

Caso não, eu explico.

Os milhos ficam lá, no óleo quente. Eles são milhos e nada mais que milhos. Até que o calor do óleo atinge um ponto em que um deles não suporta mais. Ele estoura.

Em seguida, outro estoura.

POC!

E mais outro.

POC!

E quando você vê, é

ENTREVISTA EXPLICATIVA COMIGO MESMO

ou

PAPO RETO SEM POC-POC

AUTOPERGUNTA:

O senhor poderia explicar melhor esse monte de POC-POC? Talvez seus leitores não tenham entendido bulhufas. Antes, o senhor estava falando de um menino no Cairo, depois passou pro comportamento dos milhos no óleo quente. Ficou bem confuso.

AUTORRESPOSTA:

Claro, eu explico. Desculpa, é que são memórias muito dolorosas e eu achei que se eu escrevesse desse jeito ia ficar mais fácil pra mim.

AUTOPERGUNTA QUE NÃO É PERGUNTA:

Não ficou.

CONTINUAÇÃO DA AUTORRESPOSTA:

O que aconteceu foi o seguinte. Depois que o menino de Cairo disse que ele também tinha visto um "aquela-palavra-que-prometi-não-usar-

-nesse-livro" saindo de baixo da cama, crianças de todo lugar do planeta começaram a dizer que elas também tinham visto.

AUTOPERGUNTA:

Mas o senhor não usava um uniforme que disfarçava esse aspecto da sua natureza de pessoa não humana?

AUTORRESPOSTA:

Sim, eu usava! Mas eu notava que as pessoas reparavam em mim. Elas ficavam olhando, olhando, olhando... Nunca falavam nada. Mas elas reparavam que tinha algo diferente em mim. Eu fui me acostumando com esse tipo de olhar. Tentava ser simpático, educado e prestativo. Daí elas iam ficando sem graça, e a coisa ficava por isso mesmo.

AUTOPERGUNTA:

Boa pergunta! Então por que esse monte de POC-POC?

AUTORRESPOSTA:

Então! Aí é que está o problema. Bastou a primeira criança usar "aquela-palavra-que-prometi-não-usar-nesse-livro", e todas as outras repetiram "aquela-palavra-que-prometi-não-usar-nesse-livro". Mas não foi só isso. Começaram a surgir histórias muito loucas.

AUTOPERGUNTA:

O senhor poderia dar um exemplo?

AUTORRESPOSTA:

Posso dar vários. Mas, antes, preciso avisar que essas histórias podem dar medo.

Acho melhor avisarmos os leitores que, se eles quiserem, podem pular as próximas páginas pra não terem pesadelo à noite. Aliás, vou pedir pra minha editora colocar um aviso no livro, bem nessa parte, pra não causar trauma em nenhuma criança.

ATENÇÃO!

A próxima página contém uma lista
de histórias assustadoras relatadas
por crianças mundo afora.
Não existem provas pra nenhuma
dessas histórias.
Elas são frutos da imaginação.
Sinta-se à vontade pra pular essa parte do livro.
Elas podem causar pesadelos.

Lista de histórias muito loucas envolvendo o B.P.

"Ele tinha quatro olhos. Dois no rosto, um no topo da cabeça e um na nuca. A boca não ficava na cabeça. Ficava no umbigo. Em vez de orelhas, ele tinha dois cones e por isso ele tinha a audição equivalente à de um cachorro. Mas o pior era o som que vinha do estômago dele. Sabe quando a barriga ronca superalto? Parecia que ele tinha uma fome insaciável, o tempo todo. Deu muito medo."

"Ele estava de boné, mas dava pra ver que não era um boné normal. Era alto demais. Dava pra esconder um belo par de chifres ali debaixo. E os pés dele não eram de gente. Ele estava de bota, mas tinha mais de um metro de pé, pelo menos. Eu nunca tinha visto pés tão grandes daquele jeito.

Eu desconfiei. Fiquei num canto do meu quarto, só olhando, enquanto ele se enfiou debaixo da cama pra calibrar as molas do colchão. Nessa hora, ele deve ter se distraído, e tirou o boné pra coçar a cabeça. Daí eu vi os chifres. Eram que nem de bode, só que maior. Foi apavorante."

"Ele entrou no meu quarto com a boca aberta, babando uma gosma verde. Seus olhos eram vermelhos. Sua língua era roxa. Ele pegou meu gato, que estava na poltrona, e comeu com duas mordidas. Eu saí correndo. Ele saiu correndo atrás de mim, derrubando todos os móveis da casa. Daí meu cachorro tentou atacá-lo, só que ele comeu meu cachorro também."

"Ele comeu todos os membros da minha família. Fiquei órfão e hoje eu moro sozinho numa ilha secreta porque não quero que ele me encontre. Todas as noites eu tenho pesadelo com ele. A minha sorte é que a ilha é cercada por tubarões assassinos. Então, se ele tentar se aproximar, ele vai ver só."

"Ele arrancou um pedaço do meu braço e perguntou se tinha ketchup porque achou que eu era muito sem tempero. Fiquei chocado. Mas, pra minha sorte, tinha ketchup. Corri até a geladeira pra pegar. Mas quando eu voltei com o ketchup, apesar de ele já ter comido o meu braço, disse que ainda estava com fome. Então corri feito doido pra salvar a minha vida. No fim, consegui recuperar meu braço graças a uma cirurgia. Nós processamos a empresa de colchões e eles pagaram todos os custos."

"Ele pulou de dentro do armário, no meio da madrugada. Quase morri de susto. Daí ele pegou meu caderno, onde eu tinha feito minha lição de casa, e comeu. Pedi pra ele não fazer aquilo, mas ele me ignorou. No dia seguinte, na escola, quando eu contei essa história, ninguém acreditou em mim. Me chamaram de mentiroso, mas só eu sei o que eu vi."

"Ele comeu a nossa árvore de Natal, com as bolinhas e tudo. Minha mãe gritava pra ele parar com aquilo, mas ele não parava. Ele comia e gargalhava. Parecia que ele gostava daquele tipo de maldade. Foi tão triste. Tinha dado um trabalhão pra montar a árvore. Estava linda. Ele não quis nem saber. Sabe aquela estrela dourada que a gente coloca no topo? Até aquilo ele comeu. Depois ele arrotou na nossa cara."

"Ele comeu minha bicicleta, meus patins e meu ursinho de pelúcia. Tudo que eu mais amava na vida. Ele tirou tudo o que eu tinha de especial. Ele me deixou sem nada. E eu nunca fiz nada para ele. Foi pura maldade."

(podem voltar a ler)
(agradecemos pela compreensão)
(desculpa alguma coisa)

ENCERRANDO O CAPÍTULO
O efeito Cairo

Enfim, depois que todas essas notícias horrorosas e fakes, totalmente fakes, pipocaram pelos quatro cantos do mundo em menos de vinte e quatro horas, Gunther apareceu no meu quarto de hotel e me fez uma proposta.

CAPÍTULO

A proposta do Gunther

— Billy, meu amigo, as notícias não são boas — Gunther disse.

— Claro que não são boas! Elas não são boas porque são falsas! — eu respondi.

Na verdade, eu gritei.

— Calma, Billy, eu sei que são falsas. Mas agora é tarde demais.

> Eu estava bem chateado.

— Nós temos que fazer alguma coisa!!! — gritei de novo, mesmo não querendo gritar.

— Sim, eu pensei bem e tenho uma proposta pra você.

Daí ele disse:

— Um plano de aposentadoria precoce.

— O que é isso? — perguntei.

Eu nunca tinha ouvido falar em aposentadoria. Muito menos precoce.

> Hoje eu sei. Hoje eu conheço os meus direitos.

APOSENTADORIA - Vem da palavra aposento. Isso normalmente acontece após uma certa idade, quando a pessoa conquista o direito de simplesmente descansar. Ela não precisa ir pro aposento. Ela pode ir pro lugar que ela quiser e fazer o que ela quiser, e continua recebendo um dinheiro todos os meses, como retribuição por tudo que ela trabalhou durante a vida toda.

PRECOCE — Quando algo acontece antes do tempo. Por exemplo, um bebê que nasce antes de completar nove meses na barriga da mãe.

Juntei as duas explicações na minha cabeça. Eu ia virar um senhor aposentado sendo que eu era um jovem forte, cheio de energia, que adorava instalar colchões em todas as partes do mundo?

— Sim, isso mesmo — Gunther explicou.

Não conseguia me controlar.

— Mas por quê?! Isso não é justo! — eu continuava gritando.

— Porque as pessoas estão com medo de você. Elas acham que você é um "aquela-palavra--que-prometi-não-usar-nesse-livro".

Nesse ponto da conversa eu olhei nos olhos de Gunther e perguntei assim:

— E você? Você acha que eu sou um "aquela--palavra-que-prometi-não-usar-nesse-livro"?

Gunther suspirou fundo.

Ele não respondeu.

Repeti a pergunta.

— Gunther, você acha que eu sou um "aquela-
-palavra-que-prometi-não-usar-nesse-livro"?

Ele baixou os olhos. Encarou o carpete do
quarto do hotel.

Não entendi o que Gunther estava vendo de
tão interessante no carpete. Ele não olhava pra
mim. Eu ia perguntar pela terceira vez, quando
ele ergueu o rosto e disse:

*Era um car-
pete cinza.*

— B.P., não importa o que eu penso.

Aquilo, pra mim, foi uma facada no coração.

CAPÍTULO

A vida de um
jovem aposentado precoce

Eu era tão, tão, **tão** jovem nessa época que eu nem sabia o que fazer com a minha aposentadoria precoce.

> Hoje eu saberia. Hoje eu teria mil ideias.

Isso significa que eu não sabia o que fazer com a minha vida.

Mas eu fiz.

Primeiro, fiz minha mala e saí do hotel.

Depois, peguei um avião e voltei pra casa.

E quando eu digo casa, eu quero dizer casa mesmo.

A casa dos meus pais.

CONSELHO DE UM JOVEM APOSENTADO PRECOCE:

Se algum dia você estiver muito perdido na vida, corra pros braços do seu papai e da sua mamãe. Funciona pra bebês. Funciona pra crianças pequenas e funciona pra jovens aposentados precoces.

Meus pais me receberam de braços abertos.

Eles me abraçaram apertado e disseram assim:

— Billy, Billy, nosso bebê.

— Que bom que você voltou.

— Pronto, pronto, não precisa ficar triste. A mamãe está aqui.

— O papai também. Vai dar tudo certo.

Isso fez com que eu me sentisse como um bebê gigante aposentado. Foi uma sensação bem estranha. Eu já não sabia mais quem eu era.

Eu era adulto?

Eu era bebê?

Mais importante de tudo, será que no fundo eu era um "aquela-palavra-que--prometi-não-usar-nesse-livro"?

A PERGUNTA QUE NÃO SAI DA NOSSA MENTE

Nesse ponto do livro minha editora disse que vocês devem estar se perguntando exatamente isso. Se eu sou um "aquela-palavra-que-prometi-não--usar-nesse-livro" ou não. Ela disse que esse é um bom momento pra esclarecer essa questão de uma vez por todas. Sem medo e sem papas na língua.

Minha língua não tem papas. Ela só tem umas minibolotinhas ásperas e macias ao mesmo tempo. Mas acho que toda língua é assim, né? A de vocês também é?

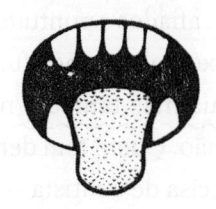

RESPONDENDO À PERGUNTA

Só havia duas pessoas no mundo que poderiam responder àquela pergunta, e elas estavam bem na minha frente.

Então eu perguntei:

— Papi, mami, vocês acham que eu sou um "aquela-palavra-que-prometi-não-usar-nesse--livro"?

Não tínhamos carpete na nossa casa, então meu pai e minha mãe olharam pro chão de madeira mesmo, igualzinho o Gunther fez no hotel.

— Eu sou?! — perguntei, baixinho.

— Nós somos diferentes, Billy — minha mãe respondeu. — Mas só porque uma pessoa tem chifres, não significa que ela seja um "aquela-palavra-que-prometi-não-usar-nesse-livro".

— E qual o problema de ter rabo? A maioria das criaturas desse planeta tem rabo. Eu acho que isso só nos torna mais expressivos e elegantes — meu pai acrescentou.

— E daí se temos pés grandes? Isso significa que somos mais equilibrados — minha mãe completou.

— Eu também nunca entendi por que as pessoas implicam com os nossos dentes. Só porque são mais fortes, afiados e pontudos? Eu acho prático. Eu, por exemplo, nunca fui ao dentista na minha vida! Sua mãe também não. Aposto que você também não. Quem tem dentes que nem os nossos não precisa de dentista — meu pai disse.

— As pessoas dizem aquelas coisas horríveis a nosso respeito porque elas têm inveja — minha mãe disse.

— Fora que eu nunca sinto frio. Nunca. Pode nevar lá fora, e eu estou de boa. Sabe por quê? Porque sou um cara peludo. Tenho orgulho de ser peludo. Tenho meu próprio casaco de pele acoplado. É prático, econômico e eu não preciso me preocupar de esquecer ele nos lugares. É inveja dos outros — meu pai completou.

— No fundo eles adorariam ser que nem a gente — minha mãe disse.

— É isso aí, filho — meu pai acrescentou.

Depois dessa conversa, sabe o que eu percebi?

Que não estou nem aí se as pessoas acham que eu sou um "aquela-palavra-que-prometi-não--usar-nesse-livro".

Sabe por quê?

Porque eu estava perfeitamente feliz sendo eu mesmo.

CARTA AOS LEITORES

Queridos leitores e leitoras do meu coração:

Se você chegou até aqui, é sinal que você é uma pessoa corajosa. Parabéns.

Muitas pessoas têm curiosidade pra saber mais sobre essa figura tão assustadora que é o Bicho-Papão. Mas poucas são aquelas que conseguem encarar a verdade. Eu imagino que muitas pessoas ficarão chocadas ao perceberem que eu também tenho sentimentos, sonhos, inseguranças e traumas.

Descobrir isso pode ser estranho.

De repente você leitor; você leitora, entende que a imagem que você tinha do Bicho-Papão está totalmente errada. Você percebe que passou a vida toda acreditando numa mentira. Você começa a se sentir mal por ter pensado em mim como uma criatura horrenda, maldosa, cruel e faminta.

Agora, chegando ao final do livro, você leva as mãos à cabeça e pensa:

— Coitado! Quanta injustiça!

Você deve estar se sentindo péssimo.

Bem, fique tranquilo.

Não é nada grave.

Você apenas está passando por um momento de entendimento profundo. Livros fazem isso com a gente. Nós saímos da ignorância

Sem querer ofender.

e aprendemos algo novo e valioso. Você chegou àquele momento de grande esclarecimento. Parabéns!

A partir de aqui você se torna uma pessoa muito mais sábia.

Agora você sabe toda a verdade.

Agora, toda vez que você ouvir calúnias sobre a minha pessoa, pode dar uma tossidinha e dizer assim:

— Desculpa, mas não é bem assim. Eu li a biografia dessa pessoa que vocês estão caluniando. Eu conheço a história de vida dela. Eu pesquisei. Não foi nada disso.

Então você poderá contar tudinho, conforme você leu aqui.

Ou então, melhor ainda. Compre mais um exemplar desse livro e dê de presente pra pessoa.

Assim você estará ajudando a espalhar a minha VERDADEIRA história.

Com carinho,

BILLY PIMPÃO

> Calúnia é o jeito chique de dizer "mentira". Mentira parece coisa de criança. Calúnia é mais adulto. Essa é a única diferença. Se você quiser impressionar os adultos, use "calúnia" em vez de "mentira". Eles vão te respeitar mais.

> Não empreste o seu! Talvez a pessoa não devolva. E eu quero que vocês continuem com esse livro. Se vocês derem esse exemplar pra alguém será como se vocês estivessem se livrando de mim. Ah, que triste.

CAPÍTULO

A vida de um jovem aposentado precoce — parte 2

Depois de um mês de aposentadoria precoce, eu aprendi algumas coisinhas.

1. Aposentados não precisam ficar sentados numa poltrona o dia todo, sem ter o que fazer.
2. Aposentados também podem trabalhar (se quiserem).
3. Existe vida após a aposentadoria.

Eu virei sócio do meu pai.

Ele estava cansado de passar o dia cozinhando. Há anos ele cozinhava todo santo dia, pra vinte e cinco famílias.

Era comida pra chuchu.

Então ele me viu sentado na poltrona da sala, pensando no que eu ia fazer da vida, e me perguntou:

— Ei, Billy, durante as suas viagens internacionais, você aprendeu a cozinhar?

— Sim, papi! Aprendi muitos pratos, por quê?

Em vez de responder o porquê, meu pai arrancou o avental e se sentou na minha frente. Seus olhos brilhavam.

Ele perguntou:

— Quais pratos?

Listei tudinho que eu tinha aprendido a cozinhar nas minhas viagens por estes lugares: Polinésia, Espanha, Itália, Estônia, Polônia, Escócia, Eslováquia, Egito, Estados Unidos, Armênia, Brasil, Argentina, Chile e Bolívia.

TUDO O QUE APRENDI A COZINHAR DURANTE MEU ROLÊ PELO MUNDO

Traduzindo: Peixe cru em leite de coco. Maravilhoso!!!

1. Poisson cru au lait de coco.
2. Paella.
3. Quarenta e nove tipos de pizza.
4. Chucrute.
5. Sessenta e quatro tipos de sopas.
6. Bolinho de batata.
7. Kebabs.
8. Oitenta e cinco tipos de hambúrguer.

Com 20 opções veganas inclusive.

9. Kibes e esfihas.
10. Acarajé.
11. Churrasco.
12. Trinta tipos de empanadas.

Mas no dia a dia eu sempre faço o mesmo. Nunca lembro dos outros cento e dois tipos.

13. Cento e três tipos de arroz.

14. Vinte e nove tipos de salada.

15. Sessenta e um tipos de sobremesa.

Minha especialidade é a mousse de chocolate.

Depois dessa lista, a vida do meu papi nunca mais foi a mesma.

Na mesma hora ele me entregou o avental.

— Tó! — ele disse.

Acrescentou:

— Eu te declaro o novo chefe de cozinha do nosso empreendimento familiar. A partir de hoje você cozinha e eu faço as entregas.

Ele estendeu o braço. Trocamos um aperto de mão.

Negócio fechado!

CAPÍTULO

A nova vida em família

Trabalhar com papi foi tudo de bom. Ele gostou da minha comida. Achou tudo diferente. Na verdade, a palavra que ele usou foi exótico. Ele disse que seus clientes não aguentavam mais as velhas opções de arroz, feijão, filé e batata frita com salada de alface.

> Exótico é mais que diferente. É um diferente interessante e normalmente apimentado.

Eu passava meus dias cozinhando e dançando na cozinha de casa.

Mamãe saía pra floresta, onde ela trabalhava.

Papai passou a ter mais tempo pra descansar. De manhã ele ficava deitado na rede, lendo livros. Ele ficou bem feliz por ter as manhãs livres. Parecia até que o aposentado era ele.

Toda vez que eu terminava de cozinhar um prato, levava um pouquinho pra ele provar.

— Huuummmmm! — ele saboreava. — Maravilhoso! Maravilhoso!

Eu ficava todo orgulhoso.

Até minha mãe passou a voltar pra casa na hora do almoço pra comer com a gente. Antes, ela levava marmita pro trabalho. Mas nesses tempos tudo que a gente queria era ficar os três juntos. Acho que eles estavam com saudades de mim.

> Eu sei que eu estava com saudades deles.

QUESTIONAMENTOS EXISTENCIAIS DE UM APOSENTADO PRECOCE TOCANDO UM NEGÓCIO DE FAMÍLIA:

Agora que eu era um jovem adulto, observando meu pai e minha mãe em suas vidinhas, fiquei encafifado.

Perguntas existenciais atormentavam meus pensamentos.

1. Por que meus pais nunca saíram do vilarejo em que a gente vivia?
2. Ou será que eles também saíram, enfrentaram dificuldades, e voltaram?
3. Eles sabiam que quando eu saísse pro mundo, eu corria o risco de ser mal-compreendido, por ser o que sou?
4. Existem mais pessoas como nós, vivendo isolados em vilarejos remotos?

Talvez, durante a leitura desse livro, vocês também tenham feito essas mesmas perguntas.

Se fizeram, parabéns!

É sinal que vocês são mais espertos do que eu.

Até esse dia, eu não me questionava sobre essas coisas. Mas chega um ponto na vida em que a gente precisa saber.

Foi assim que descobri.

O QUE EU DESCOBRI?
Preparados?

Espero que sim porque nesse ponto vou fazer uma revelação chocante. Portanto, vamos fazer uma pausa.

> *Vou ficar aqui esperando vocês, tá? Não esquecam de voltar.*

PAUSA

Antes de continuar a leitura, siga essas instruções:

1. Pegue um copo d'água.
2. Pegue a caixinha de lenços.
3. Acomode-se num lugar confortável.
4. Desligue o som.

> *Eu avisei que vocês ainda iam precisar deles.*

5. Pegue seu ursinho de pelúcia porque talvez você precise de um abraço amigo.

FIM DA PAUSA

> *Eba! Vocês voltaram!*

REVELAÇÕES CHOCANTES SOBRE A MINHA FAMÍLIA

1. A cada geração da família Pimpão, nasce alguém com um coração puro, ingênuo e amoroso.
2. Na minha geração, esse alguém fui eu.
3. Em todas as gerações, os pais da criança com bom coração enxergam uma possibilidade de acabar com a fama de mau que ronda a nossa família.
4. Há várias gerações, a família Pimpão tenta mostrar pro mundo que pessoas como nós não fazem mal a ninguém.
5. Por isso que meus pais me deram o Submarino Amarelo-Pálido e me incentivaram a ir conhecer o mundo.

6. Eles acreditavam que eu seria a pessoa ca-paz de acabar com a má fama da nossa família.

> EU???!!!

7. Só que isso nunca funciona. A cada geração, a pessoa acaba voltando pra casa dos pais. A cada geração, rolam as notícias do monstro escondido debaixo da cama.

> Ops! Escapou. Usei a palavra problemática sem querer.

8. É tipo uma maldição.

9. Nunca ninguém conseguiu acabar com essa má fama.

> Agora lembrei do Spencer Birtwistle

10. Por isso que as pessoas dizem que o Bicho-Papão existe desde que o mundo é mundo.

Galeria de 'Bichos-Papões'

Bolívar Pimpão (tatatatataranõ)

Bibiana Pimpão (tatatatáranõ)

Bonifácio Pimpão (tatataranõ)

Berenice Pimpão (tataranõ)

Boulevard Pimpão (bisanõ)

Boulevardzinho Pimpão (anõ)

MOMENTO TERAPÊUTICO MAIS QUE NECESSÁRIO

PERGUNTA INDISCRETA:

Billy, como você se sentiu descobrindo que era a sétima geração de uma longa linhagem de "aquela-palavra-que-você-prometeu-não-usar--nesse-livro"?

RESPOSTA SINCERA:

Eu me senti muito honrado.

PERGUNTA QUE NÃO É PERGUNTA:

Hã?!

RESPOSTA PRA PERGUNTA QUE NÃO FOI FEITA:

Eu explico. Quando eu vi o nome de todos aqueles antepassados, fiquei com peninha deles. Ao mesmo tempo, me senti compreendido. Foi legal saber que pertenço a um clã. Eu me senti mais poderoso e corajoso. No fundo, bem no fundo, entendi que não tem nada de errado comigo. Foi nesse momento que tomei uma decisão revolucionária.

PERGUNTA DIRETA:

Revolucionária?

RESPOSTA DIRETA PRA MAIS UMA PERGUNTA QUE NÃO FOI FEITA:

Sim, revolucionária. Decidi que eu ia escrever um livro pra acabar com essa bobagem de Bicho-Papão de uma vez por todas.

> Está funcionando? Só vocês vão poder responder.

CAPÍTULO

De onde vim, para onde vou

Tudo bem, vou explicar melhor. Não foi assim tão pá-pum. Não foi num clique. Tipo, descobri o passado da minha família e plim, escrevi um livro pra acabar com a nossa fama de mau!

Teve tooooooooooooooooooooooooooooooooooooooooooooooooooooooooooooooooooooodo um processo pra que esse livro chegasse até as suas mãos.

Não, não se preocupem. Eu não vou falar sobre gráfica, impressoras, contratos, crise de escritor, essas coisas chatas.

> E ele acha isso legal?! Siiiiim! Eu acho! No meu caso, pelo menos.

Vou falar sobre a minha terapia em grupo.

TERAPIA EM GRUPO

(um depoimento de quem foi, fez e gostou)

> Sem querer ofender os apreciadores de jaca.

Antes, eu achava que terapia em grupo era que nem jaca. Gosmenta e pegajosa. Eu não tinha nem vontade de chegar perto.

Até o dia que provei. E...

UAU!!!

Eu gostei!

Sim, eu sei, eu sei . Vocês que nunca comeram jaca na vida, devem estar aí torcendo o nariz. A única coisa que posso dizer é que, pra dar uma opinião, antes você TEM QUE PROVAR!

Quem me falou da terapia em grupo foi minha mamãe querida. Ela viu como eu fiquei pensativo sobre a história da nossa família.

Eu tinha passado dias e dias só fazendo perguntas, querendo saber mais sobre Bartolomeu, Berenice, Bolívar, Boulevardzinho.

Quem eram aquelas pessoas além de um monte de antepassados com nomes que começavam com a letra B?

O que eu podia aprender com eles?

Nossa família era amaldiçoada?

E se um dia eu tivesse um filho e quisesse que ele se chamasse Ulisses Catarino? Podia?

Qual o significado da letra B?

O que significa ser a sétima geração de uma linhagem de Pimpões?

Qual era a minha missão na vida?

Eram tantas perguntas que minha mãe me entregou um cartãozinho.

> Eu estou falando da terapia em grupo. Mas depois que escrevi isso eu fui provar jaca. E sabem o que aconteceu? Eu engasguei com o caroço. Cuspi tudo e até hoje não sei se gosto ou não de jaca.

TERAPIA EM GRUPO PRA PESSOAS NÃO HUMANAS DE TODOS OS TIPOS E TAMANHOS

Sensibilidade. Escuta. Acolhimento
e Compreensão

Pertinho de você.

Toda segunda-feira, às 17h.

No primeiro dia, cheguei dez minutos atrasado porque me perdi no caminho. Quando entrei na sala os participantes já estavam sentados em roda.

O grupo era composto por:

— Um lobo com cara de mau.

— Uma senhora de longos cabelos brancos e nariz grande com uma verruga na ponta.

— Um gato preto.

— Uma mulher muito elegante de batom vermelho que ficava toda hora se olhando num espelho.

— Uma múmia.

— Um senhor em trajes de cavaleiro, porém sem a cabeça.

— Um fantasma. Só que o fantasma não ficava sentado em cadeira. Ele estava pairando no centro da roda, cantando uma ópera.

O que eu senti quando me deparei com essa estranha combinação de pessoas não humanas reunidas numa sala sem janelas?

Me senti em casa!

— Oi, turma! — eu disse, erguendo o braço.

Todos se viraram pra ver quem era o novo não humano que tinha acabado de chegar.

— Posso entrar? — perguntei.

— Entre, por favor. Seja bem-vindo.

O fantasma flutuante apontou uma cadeira pra mim. Acreditem se quiserem, mas naquela rodinha de pessoas não humanas tinha uma cadeira vazia.

Parecia até que eles estavam esperando por mim.

Eu me sentei.

O Sr. Fantasma se apresentou.

— Olá, eu sou Erick Falecido.

— Percebi — eu disse.

Fiquei na dúvida se era pra estender a mão porque talvez o cumprimento não desse certo. O Sr. Erick não tinha uma mão que eu pudesse apertar de fato. Mesmo assim estendi o braço e ele apertou minha mão simbolicamente.

Achei que ia sentir coceguinhas, mas foi de boa.

Em seguida, cada membro da roda se apresentou.

E sabem o que foi o mais interessante?

Eu tive a impressão de já conhecer todo mundo ali.

Vou falar um pouquinho sobre cada um.

O Lobo

Seu nome era Maurício. Só que todo mundo abreviava. Tipo, Daniel, que sempre vira Dani. Ou Cristiano, que sempre vira Cris. Todo mundo chamava o lobo de Mau.

Mas o cara era bacana. Sorridente, relaxado, tranquilão. Ele tinha um jeito engraçado de se vestir. Nesse dia, estava com uma calça pantalona e um colete dourado sem camisa por baixo. Sabe quando parece que a pessoa pegou a roupa emprestada de alguém?

> Era de veludo. E tinha uma estampa xadrez com cores gritantes.

A Senhora da Verruga no Nariz

Seu nome era Maria João. Ela disse que vivia num bosque pertinho de mim, e me conhecia desde bebê. Disse que logo que eu nasci ela foi me visitar, pois era amiga da minha mãe. Mas daí minha mãe, por algum motivo, nunca estava em casa e ela não conseguiu me visitar mais vezes. Ela disse que estava muito feliz em me ver tão crescido, e me ofereceu um docinho.

> Eu não aceitei porque o fantasma Erick fez um discreto gesto de "não aceita"! Mas deu tanta vontade!

Um Gato Preto

Seu nome era Bijoux. Ele disse que seu sonho era pertencer a uma bruxa que o amasse e o acolhesse. Disse que estava ali pra conhecer mulheres com esse perfil. Ele queria ser um gato guardião, desses que dedicam todas as suas sete vidas pra tudo o que a bruxa precisar. O engraçado foi que quando ele disse isso, Maria João deu uma risadinha maldosa. Fiquei com dó do bichinho e comovido com a busca dele. Ele parecia uma mistura de príncipe de conto de fadas com um animalzinho de estimação muito queridinho.

> Eu me identifiquei.

A Mulher Elegante com seu Espelho

Seu nome era Margô. Ela disse que era viúva e tinha uma enteada que fugiu de casa e espalhou um monte de mentiras a respeito dela. Mas, pelo menos ela tinha herdado o castelo do falecido. Explicou que estava ali pra trabalhar sua autoimagem.

> Eu não ia acertar.

A Múmia

Seu nome era Tutancâmon, mas foi logo dizendo que eu podia chamá-lo de Tuta porque ninguém acertava falar seu nome direito. No começo foi um pouco difícil entender o que ele dizia por causa das gazes que cobriam sua boca. Mas o Lobo Mau, que já era bem amigo dele, entendia e foi traduzindo pra mim. Na verdade, Tuta falou pouco. Ele era um cara meio quieto.

O Senhor em Trajes de Cavaleiro, mas sem a Cabeça

Esse era o mais estranho de todos. Eu não sabia pra onde olhar. Se olhava pro lugar onde devia estar a cabeça, se olhava pros ombros dele, pro peito. A voz saía do lugar onde a cabeça devia estar, mas é estranho falar com a pessoa olhando pra alguma coisa atrás dela. Parece falta de educação. Claro que ele estava superacostumado com esse tipo de situação e disse que eu podia olhar pros seus ombros. Seu nome era Washington.

> Eu fiz como ele orientou mas toda hora eu voltava a olhar pro lugar onde a cabeça devia estar. Era estranho.

> Eu nunca tinha assistido uma ópera antes. Achei tão bacana saber que ali eu ia poder ouvir ópera e fazer terapia ao mesmo tempo!

O Fantasma

O fantasma se chamava Erick. Quando ele era vivo, foi um famoso cantor de ópera. Agora que não estava mais vivo, só fazia apresentações intimistas. Ele também era o terapeuta do grupo porque tinha mais experiência de vida. Quando ele disse isso o Tuta

158

resmungou uma coisa que eu não entendi. Daí o Erick se corrigiu. Na verdade, o Tuta era o mais velho do grupo, e, portanto, teria mais experiência de vida. Só que como ele era muito calado, não ia dar certo como terapeuta de grupo. Então Erick assumiu essa função.

Daí foi a minha vez de me apresentar.

Contei a minha história e todos aplaudiram.

Todos menos o Tuta. Ele só ergueu os braços na frente do corpo, mas não conseguiu encostar uma mão na outra.

Só que nessa hora o Lobo Mau e a Maria João bateram palmas por ele. Eles bateram as palmas das suas mãos nas mãos mumificadas do Tuta e isso fez um leve barulhinho de palmas. Nesse momento eu entendi que todos estavam ali pra se ajudarem.

Não tive dúvida. Aquele era o lugar perfeito pra mim.

Deu até um quentinho no coração.

CAPÍTULO

Encontrei a minha turma!

Começou como um grupo de terapia de pessoas não humanas com peculiaridades. Depois de poucos meses, éramos uma turma de amigos como qualquer turma de amigos queridos. Tinha viagens pra praia, as festinhas, os encontros todo final de semana, rolava fofoca e tinha a alegria de saber que, não importava o que acontecesse, a gente podia contar um com o outro.

Até hoje é assim. Eu amo meus amigos. Eles são tudo de bom.

O fantasma Erick era nosso líder. Nas reuniões da segunda-feira ele bancava o terapeuta e dizia altas coisas pra nós. Falava na cara tudo o que a gente precisava ouvir. Mas ele tinha um jeito de falar que, depois que dizia coisas difíceis de ouvir, ele dizia coisas lindas e verdadeiras também. Naquela turma, todo mundo falava o que pensava da vida, do mundo e de si sem se preocupar com críticas.

Às vezes alguém chorava de nervoso.

Mas daí tinha os abraços coletivos. Eu me sentia amado naquele grupo. Sentia não, sinto.

Porque nós nos reunimos até hoje. Toda segunda-feira. Faça chuva ou faça sol.

Também comemoramos nossos aniversários juntos. Nos reunimos no Natal, no Ano-Novo, organizamos Festas Juninas, Halloween, temos até nosso próprio bloquinho de Carnaval. As pessoas ficam impressionadíssimas com as nossas "fantasias".

Foi graças ao Grupo da Terapia que fui me conhecendo melhor. Ali eu entendi a diferença entre quem eu sou e quem as pessoas pensam que sou. Isso foi bem importante pra poder escrever essa autobiografia.

> Essa é a festa favorita do Bijoux. Ele que organiza tudinho, no maior capricho. Se eu fosse mulher e bruxa, já teria adotado o Bijoux pra mim.

> A gente só não passa glitter no corpo porque eu tenho trauma.

Quem eu sou	Quem as pessoas pensam que eu sou
Billy Pimpão	O bicho-papão
Um não humano alto, forte com chifres, rabo e peludão	Um monstro
Um bom de garfo	Um esfomeado que pode comer tudo desde bichos de estimação, partes do corpo humano e cadernos escolares
Um cara discreto	Um maluco que se esconde debaixo da cama dos outros

> Aqui eu tive que usar a palavra, mas acho que tudo bem. Agora essa palavra nem me incomoda mais. Meu Consultor de Imagem não gostou. Ele mandou eu deixar registrado que ele continua sendo contra.

Um cara que já viajou meio mundo	Uma assombração universal que se espalhou pelos quatro cantos do mundo
Ex-técnico da Sono Profundo	Um ser que surge no meio da noite

MOMENTO DE PENSAMENTOS PROFUNDOS

Agora eu me dei conta de uma coisa linda. Ao encontrar a minha turma, acabei tendo um encontro comigo mesmo. Eu amadureci muito durante essa terapia! Fico até orgulhoso de mim.

Erick Falecido disse que isso é normal. São os outros que mostram quem nós somos. Ele, como fantasma, sabe disso melhor que ninguém. Ele é o tipo de cara que precisa ser visto. Se ninguém o vê, ele sente como se tivesse morrido mesmo.

APRENDIZADO BÔNUS

Agora vocês entendem por que fantasmas aparecem do nada? Tudo que eles querem é que a gente os veja. Não precisa oferecer comida. Não precisa tirar foto. Não precisa de nada. Eles não vão sugar o sangue do seu pescoço. Eles só querem que você grite:

Se vocês têm medo de fantasma, lembrem disso da próxima vez que encontrarem um.

— Ahhhh!!! Um fantasma!!! Socorro!

Só isso e eles já ficam satisfeitos.

Durante muito tempo, meu grupo de terapia era tudo o que importava. A gente nem convivia muito com outros tipos de pessoas. Ficávamos apenas nós, na nossa bolha feliz, sem querer saber do resto do mundo.

A gente se entendia.

A gente enfrentava o mesmo tipo de preconceito.

A gente gostava da companhia um do outro.

Quando chegavam fofocas a nosso respeito, a gente sabia o que era verdade e o que era mentira.

A gente sabia lidar com fake news. Todo mundo ali lidava com fake news o tempo todo!

Espero que vocês nunca tenham passado por isso. É muito chato!!!

CAPÍTULO

A era das fake news

Hoje em dia todo mundo fica de cabelo em pé com as fake news que rolam por aí.

É pra ficar mesmo.

Elas podem destruir a vida de uma pessoa. Vejam o meu caso!

Agora que vocês leram minha história de vida quase que inteira, acho que todos estão de acordo que eu não sou aquilo que dizem que sou, né?

AVALIAÇÃO DE CARÁTER DO AUTOR DESSA AUTOBIOGRAFIA

Após a leitura quase completa desse livro você diria que o autor é:

[ ] Bom
[ ] Bonzinho
[ ] Um santo
[ ] Mau
[ ] Nem bom nem mau

[ ] Aquela-palavra-que-prometi-não-usar-nesse-livro

[ ] Uma criatura não humana fazendo o melhor que ela consegue dentro das condições que ela tem

Em termos de sinceridade, você diria que o autor desse livro é:

[ ] Sincero
[ ] Megassincero
[ ] Sinceríssimo
[ ] Pouco sincero – ele esconde informações e só está tentando passar uma boa imagem

Antes da leitura desse livro, qual era a sua opinião sobre o Bicho-Papão:

[ ] Eu morria de medo
[ ] Ele era o maior trauma da minha infância
[ ] Ele era o motivo de eu não conseguir dormir à noite
[ ] Eu achava que ele não existia, mas na dúvida eu dormia de luz acesa
[ ] Eu sabia que no fundo ele era um fofo
[ ] Eu desconfiava que ele não podia ser tão cruel assim

Após a leitura quase total desse livro, qual é a sua opinião sobre o Bicho-Papão:

[ ] Ele é a maior vítima de fake news que já existiu nesse mundo

[ ] Ele é um sobrevivente

[ ] Ele é um amorzinho de pessoa, só que com chifre, rabo e dentes afiados

[ ] Ele só quer ser amado e acolhido, fazer amigos e ser feliz, como qualquer pessoa

[ ] Ele continua sendo um "aquela-palavra-que--prometi-não-usar-nesse-livro"

[ ] Ele é um "aquela-palavra-que-prometi-não--usar-nesse-livro" com um excelente Consultor de Imagem

MOMENTO DA TRANSFORMAÇÃO INTERIOR

Talvez, após responder o questionário acima, vocês estejam se sentindo diferentes.

Estão?

Talvez vocês sintam que o questionário foi muito útil.

Foi?

Talvez agora vocês tenham uma opinião diferente da que tinham no início do livro.

Espero que sim!!!

Livros são bons por isso. Você começa o livro pensando de um jeito, e ao final você está com a mente mais esclarecida.

Caso isso tenha acontecido com vocês, nesse ponto pode ser que estejam sentindo uma vontade enorme de fazer alguma coisa com todo esse novo conhecimento.

Eu tenho uma ideia do que vocês podem fazer!

"Ah! O que eu faço com tanto conhecimento!!!"

O QUE FAZER COM A SUA VIDA APÓS A LEITURA DESSE LIVRO

Sim, esse é o tipo de livro que desfaz nossos medos e traumas.

É o tipo de livro que traz revelações bombásticas.

Basicamente ele diz que você passou anos e anos e anos sentindo medo à noite por causa de uma terrível fake news que NINGUÉM desmentiu antes.

Além de falsas, ridículas!

Agora imagine quantas crianças continuam passando medo à noite por causa dessas fake news ridículas?

Então vem a pergunta.

Agora que vocês sabem toda a verdade, o que vão fazer a respeito?!

A-há! Peguei vocês! Se vocês achavam que esse era um livrinho divertido pra ler nas férias, erraram feio. Esse é um livro que muda a vida de quem lê. Agora vocês têm uma responsabilidade!

Aqui vão algumas ideias:

1. Espalhe a verdade. Compartilhe com seus amigos tudo o que você descobriu.

2. Converse com os adultos. Foram eles que botaram ideias malucas sobre o Bicho-Papão na sua cabeça. Mas, coitados, eles só fizeram isso porque quando eles eram crianças, outros adultos fizeram isso com eles. E quando esses outros adultos eram crianças, outros adultos mais velhos

ainda também fizeram isso com eles. E assim vai por sete gerações!!!

3. Ande sempre com esse livro na mochila. Ele é a grande prova!

Pra inspirar vocês, vou compartilhar aqui algumas cartinhas que recebi de crianças que souberam da verdade verdadeira e escreveram pra mim.

Querido Billy Pimpão:

Você não me conhece. Eu tenho 7 anos e moro com meus pais, meu cachorro e um bebê que ainda está na barriga da minha mãe. Vivemos em Mossoró, RN. Recentemente eu soube da sua história e gostaria de dizer que sinto muito por todas as bobagens que espalharam a seu respeito. Quero dizer que você é muito corajoso e legal. Eu gostaria de ser seu amigo, se isso for possível. Quando meu irmãozinho nascer, não vou deixar que ninguém diga coisas mentirosas a seu respeito pra ele.

Um abraço,
Vinícius

Caro Billy:

Meu nome é Luísa e eu morria de medo de você. Até os 8 anos de idade eu só conseguia dormir com as portas do armário abertas porque achava que você ia sair lá de dentro e me atacar no meio da noite. Desculpa por pensar essas coisas a seu respeito. Agora eu sei que você não é esse tipo de pessoa.

Desejo que você seja muito feliz.

Beijinhos, Luísa

Billy Pimpão:

Eu sou uma pré-adolescente de 13 anos que naturalmente não sente mais medo de Bicho-Papão. Isso é coisa de criancinha. Mesmo assim estou te escrevendo porque eu mesma sofri muito bullying na escola só porque eu era uma nerd com muito orgulho. Eu me identifiquei com a sua história. Quero te dar os parabéns por ter esclarecido aquele monte de bobajada que falam a seu respeito. Eu pessoalmente nunca acreditei. Eu deitava na cama, apagava a luz e dormia. Mas minha irmã caçula sofreu muito por sua causa. Agora passou. Agora ela também está dormindo sem problemas. Espero que sua história chegue ao máximo de pessoas possível.

Fique bem.
Um beijo.

Malu

Prezado Sr. Billy Pimpão:

Vivemos tempos difíceis. O mundo anda cada vez mais complexo. As pessoas estão tensas e assustadas. Tudo o que NÃO precisamos nesse momento é de mais histórias que dão medo. Por isso, venho através desta agradecer a sua valiosa obra. Ela vem para desfazer uma série de fake news que atormentam as infâncias em todos os continentes. O que o mundo precisa é de mais pessoas com a sua coragem. A sua obra é uma grande contribuição para a construção da paz universal.

Que Deus o abençoe.

Associação da Paz Mundial.

Billy, darling:

Amei suas confissões!
Também quero escrever as minhas.
Você me passa o contato do seu Consultor de
Imagem? E da sua editora?
Beijos.
Madrasta M.

Billy, meu mano véio:

Cara, que livraço!

Fazia tempo que eu não lia um troço tão real. Escrita corajosa, verdadeira. Vou recomendar pra todos os meus amigos.

Gostei do jeito que você me descreveu. Hahahaha.

Abração, mano.

Lobo M.

Billy, querido:

Que emoção ver meu Billyzinho publicando um livro que revela a verdade sobre quem somos. Eu me senti muito bem representada. Eu também nunca fui compreendida. Nos últimos anos eu só ficava enfurnada na minha cabana, na floresta, me sentindo uma aberração da natureza só por causa das fake news que rolam por aí a meu respeito. Aliás, obrigada por ter me ensinado essa expressão nova. Fake news é o resumo da minha vida.

Passa lá em casa qualquer dia desses pra comer um bolinho comigo. Daí eu comento as partes que eu mais gostei do livro.

Beijinho,
Maria João

Billy, meu amigo:

Seu livro mexeu comigo. E olha que eu sou um cara que praticamente não se mexe. De alguma forma, você falou sobre todos nós. Espero sinceramente que após a leitura desse livro, as pessoas entendam que múmias também têm sentimentos. Você falou pouco de mim, mas esse pouco já significou muito. Eu me emocionei de verdade. Obrigado, amigo.

Com carinho,

Tuta

Prezado Senhor Billy:

Só quero agradecer por você ter escrito esse livro e me incluído nele. Normalmente as pessoas cortam a minha participação, assim como cortaram a minha cabeça. São raras as pessoas que conseguem dizer, com a maior naturalidade, que convivem com gente sem cabeça. Você disse como se não fosse nada de mais. Como se eu fosse apenas uma forma diferente de pessoa. Isso me comoveu. Eu mesmo nunca imaginei que pudesse ser visto assim. Foi muito generoso. Isso só mostra como o seu coração é puro e amoroso. Depois de tudo o que o senhor compartilhou conosco, considero impossível alguém ainda sentir medo de Bicho-Papão. O seu livro vai salvar uma geração inteira. Uma geração que poderá dormir tranquilamente, acordar descansada, sem estresse e sem pesadelos. O que mais uma pessoa pode querer?

Sinceramente

Washington

Billy:

Eu só quero te dizer que me considero um gato muito sortudo por ser seu amigo. Você me inspira!!!

Se algum dia você quiser um assistente pode me chamar. Mas se uma bruxa me chamar no mesmo dia e no mesmo horário, eu vou dar preferência pra ela, tá bom?

Beijinho,

Bijoux

Querido Billy:

Já li e reli seu livro algumas vezes.

Como seu terapeuta, preciso te parabenizar por sua coragem e dedicação. Você passou sua vida a limpo com toda a honestidade. Você nos contou sobre os momentos difíceis, suas superações, suas frustrações e seus aprendizados.

Fico muito orgulhoso de você. Sinto que você conseguiu fazer um bom uso das nossas sessões de terapia. Saiba que você é muito querido por todos nós.

Após a publicação desse livro, algo me diz que você será querido por um grupo bem maior que a nossa pequena turminha.

Mas, seja lá o que acontecer, não se esqueça de nós!

Nos vemos na segunda-feira.

Do seu velho terapeuta,

Erick Falecido

Querido Billy,

Estou muito feliz com o resultado do nosso livro, ele é um grande best-seller. Eu sabia que seria sucesso! Obrigada por acreditar em mim, mas, acima de tudo, por acreditar em si mesmo, a sua coragem me inspira e está inspirando os leitores do mundo inteiro.

Um grande beijo da sua amiga e editora,

Sra. Machado

Palavras finais

(De mim pra vocês)

Queridos leitores e leitoras:

Agora é a minha vez de falar.

Na verdade, eu só quero agradecer por vocês terem lido tudinho. Vocês não pularam páginas, né?

Bem, mesmo se pularam, chegaram no final. Eu só escrevi esse livro por causa de vocês.

Tudo que eu quero na vida é que nenhuma criança nunca mais sinta medo na hora de ir dormir. Só isso.

Então, a partir de agora, quando lembrarem de mim, imaginem um cara peludo feito um urso de pelúcia, carinhoso feito um filhotinho de cachorro e feliz feito um periquito. Imaginem que estou com os braços abertos não pra pegar ninguém, mas pra dar o abraço mais quentinho e gostoso do mundo.

É com esse abraço que termino minhas confissões.

COM AMOR E CARINHO,

Billy Rimpão

Agradecimentos

Este livro só foi possível graças a um time de pessoas corajosas, sensíveis e ousadas.

A primeira delas é o próprio Billy que juntou coragem para entrar em contato comigo e perguntar se eu poderia ajudá-lo a escrever a autobiografia dele.

De início, tive medo. Claro que eu sabia perfeitamente quem ele era, mas custei a acreditar que fosse ele mesmo, em carne e osso, mandando e-mails para mim. Na dúvida, sugeri que a gente marcasse uma conversa on-line. Ele aceitou. Marcamos para o final daquela semana.

No e-mail, ele tinha escrito assim:

Prezada Índigo. Talvez a senhora já tenha ouvido falar de mim. As pessoas se referem a mim como o Bicho-Papão. Acabei de ler seu livro Sete bruxas e um gato temporário, *e gostaria de saber se a senhora teria interesse em contar a minha história também. Quem me passou o seu contato foi o Bijoux.*

Até o dia da reunião eu mal consegui dormir. Meu maior medo era que fosse golpe. Mas eu encarei. Entrei na reunião e... não deu outra. A pessoa do outro lado não abriu a câmera. Nessa hora eu me senti muito trouxa. Mesmo assim, não saí da reunião. Ouvi o que o tal do "Bicho-Papão" tinha a dizer.

Sim, ele tinha um vozeirão, e as coisas que me dizia pareciam reais. Mas eu sou do tipo que só acredita vendo. Enquanto ele não abrisse a câmera, ele podia dizer o que fosse que eu ia continuar duvidando. Então eu pedi, por gentileza, que ele abrisse a câmera. Ele hesitou. Foi educado. Disse que não queria me assustar.

Eu insisti.

Se ele queria mesmo que eu o ajudasse a escrever sua autobiografia, essa era a minha condição. Eu precisava vê-lo. Eu queria vê-lo!

— Mesmo? Tem certeza? — ele me perguntou.

— Sim, certeza. Eu quero te ver — eu respondi.

Ele não abriu a câmera de cara. Levou alguns segundos. Uma expectativa que quase me matou de ansiedade, mas enfim ele abriu a câmera, deu um sorrisinho, ergueu a pata e acenou "oi" com suas longas garras afiadas.

Foi amor à primeira vista.

O resultado está nessas páginas que vocês acabaram de ler.

Então, a primeira pessoa a quem quero agradecer é ao meu querido amigo Billy Pimpão. Que alegria poder chamá-lo de amigo! Pois, após aquela primeira reunião on-line, ficamos superamigos. As outras reuniões foram no sítio onde eu vivo. Billy se deitava na rede e ia me contando sua história, enquanto eu digitava. Foi um dos trabalhos mais divertidos da minha vida! Sério.

Obrigada, Billy. Obrigada por ter confiado em mim.

A segunda pessoa a quem quero agradecer é a Rafaella Machado, que Billy gosta de chamar de Sra. Machado. Só mesmo a Rafa para topar publicar uma autobiografia tão polêmica. Ela tem a melhor equipe do mundo na Galera Júnior. Billy e eu agradecemos a todos vocês que, em algum momento, trabalharam na produção desse livro. Vocês são sensacionais! Stella Carneiro, o livro ficou lindo demais!

Tem também a Lúcia Riff, nossa agente literária, e toda a sua equipe. De início, Lúcia ficou de cabelo em pé com a ideia do livro. Ela compartilhou conosco que seu maior trauma de infância era justamente o Bicho-Papão. Rapidamente nós rebatemos dizendo que era por isso mesmo que ela tinha de acolher o projeto. Ela tomou coragem, muita coragem, e encarou. E sabe o que ela disse quando viu o livro pronto? *Como posso ter tido tanto medo de uma criatura tão querida?!*

E nosso agradecimento mais que especial vai para a querida Caroline Veríssimo. Com o seu desenho ela conseguiu reproduzir direitinho quem é Billy Pimpão. Graças a ela a carinha dele veio ao mundo, com a vantagem de não dar medo nenhum, em ninguém! Por isso, Caroline, nós lhe agradecemos de coração!

E desconfio que nossos leitores lhe agradecem também.

E para terminar, um agradecimento carinhoso a você que enfrentou seu medo e encarou a leitura da autobiografia do Bicho-Papão. Você não se assustou com a capa. Você não se assustou com o título. Você abriu o livro e chegou até aqui. Parabéns! Você mostrou a sua coragem. Tudo o que eu desejo é que essa coragem esteja sempre com você, em todos os momentos da sua vida.

Beijinhos,

Índigo